旧白洲邸「武相荘」 平面図

住所……………〒195-0053 東京都町田市能ケ谷町1284
開館時間………10時～17時
（入館は16時半まで　小学生以下のご入館はご遠慮ください）
休館日…………月・火曜日（祝日・振替休日は開館）

交通アクセス
◆小田急小田原線鶴川駅下車、徒歩15分
◆鶴川駅前よりバス⑬㉖番系統にて「平和台入口」下車、徒歩1分

第2ギャラリー階段下に置かれた
福森雅武作の大壺

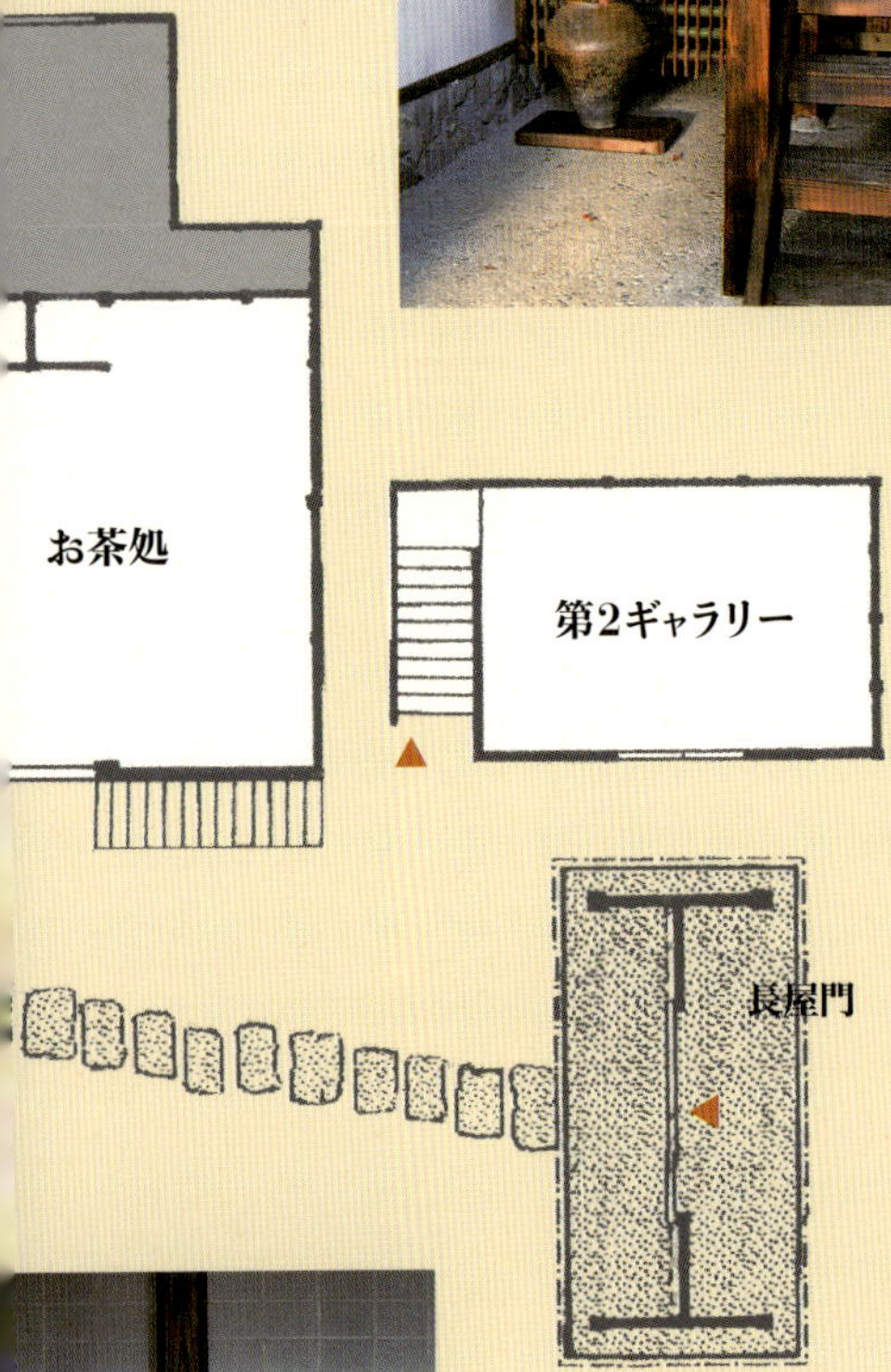

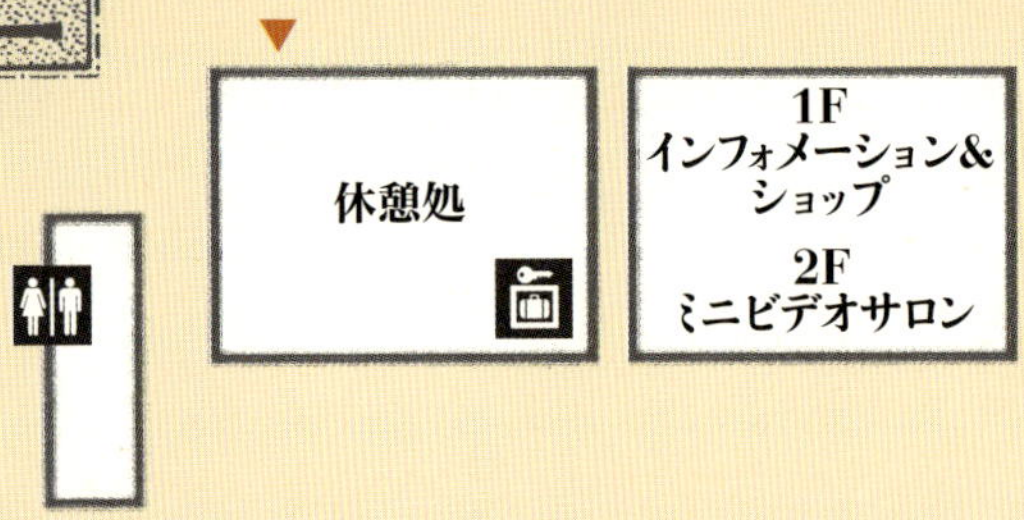

長屋門へ至る道

縁側でくつろぐ
花は川瀬敏郎による

囲炉裏のある表座敷

お茶処の軒下に
吊された鉄製灯明台

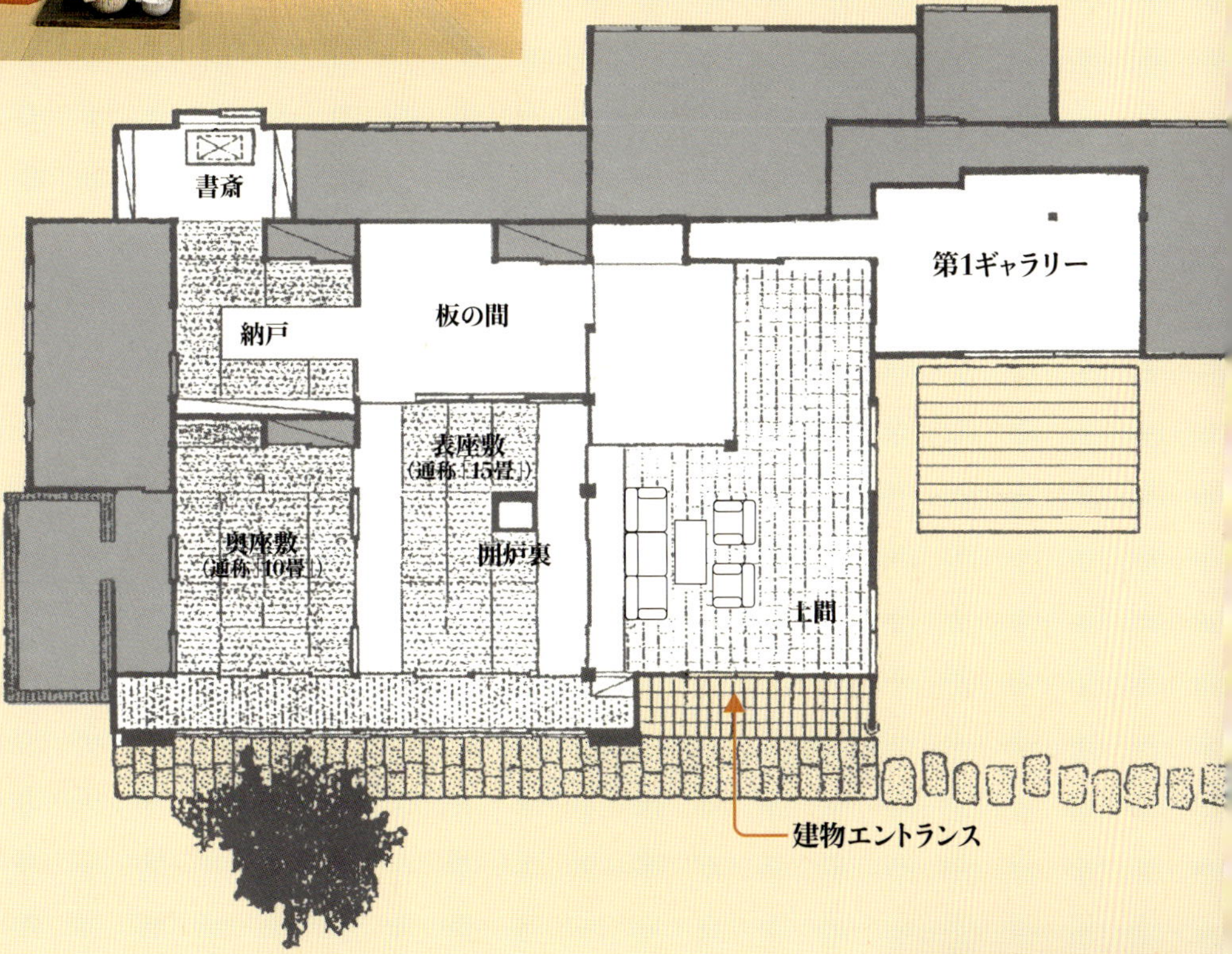

◀散策路

●鈴鹿峠

●石塔

●石仏

縁側から庭を眺める
樫の大樹と白い花びらを散らす侘助

白洲正子〝ほんもの〟の生活

白洲正子　青柳恵介　赤瀬川原平　前登志夫　他

とんぼの本

目次

旧白洲邸「武相荘」大公開！……四
旧白洲邸「武相荘」オープンにあたって　牧山桂子
〝ほんもの〟とは何か？　白洲正子……一三
生け花の先生は器……二六
酒飯の美味は器ひとつ……三一
愛するものに囲まれて……三六
きもの美……四二
娘にねだった洋風〝おふくろの味〟　牧山桂子……六一
白洲学校の給食係　松井信義……六八

「家の中で最も落ち着く場所」と語っていた書斎
家の北西隅に位置した6畳間にあり、積み上げげた本や資料に囲まれたこの空間から多くの文が生まれた　最晩年は南側に面した食堂を書斎代わりにして、この部屋を使うことはほとんどなかった
撮影＝野中昭夫

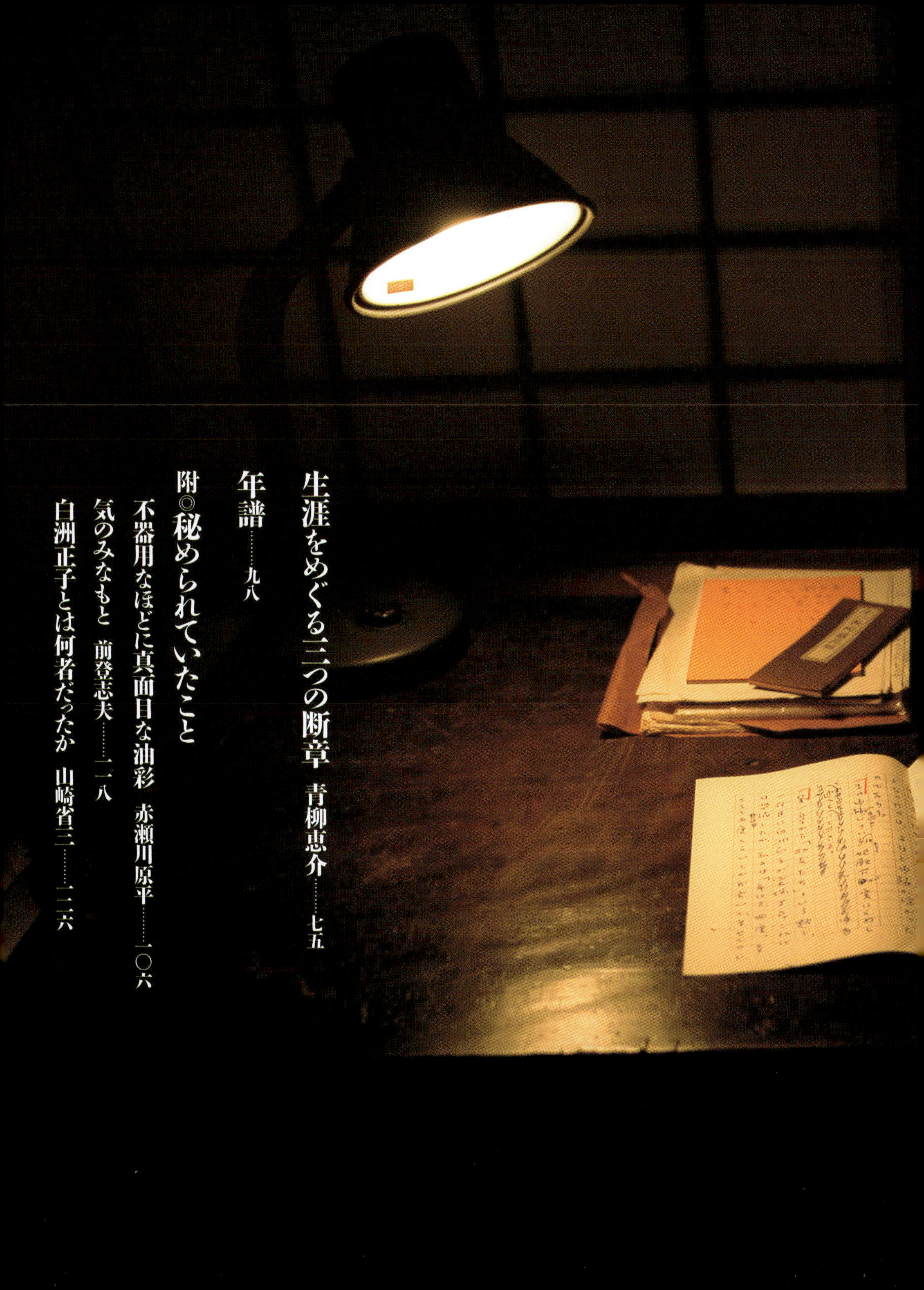

生涯をめぐる三つの断章　青柳恵介……七五

年譜……九八

附◎秘められていたこと

不器用なほどに真面目な油彩　赤瀬川原平……一〇六

気のみなもと　前登志夫……一一八

白洲正子とは何者だったか　山崎省三……一二六

旧白洲邸「武相荘」大公開！

【撮影】野中昭夫

旧白洲邸「武相荘」オープンにあたって
牧山桂子

父・白洲次郎は、昭和十八年（一九四三）に鶴川に引越して来ました当時より、すまいに「武相荘」と名付け悦にいっておりました。武相荘とは、武蔵と相模の境にあるこの地に因んで、また彼独特の一捻りしたいという気持から無愛想をかけて名づけたようです。

近衛内閣の司法大臣をつとめられた風見章《かざみあきら》氏に「武相荘」と書いて頂き額装して居間に掛けておりました。

私は両親を親としてしか見た事がなく、同じ様に私が育ち、両親が人生の大半を過した現在の茅葺き屋根の家に対しても、ただ家という認識しかありませんでした。

ふと気が付くと近隣は大きく様変りしていました。暗くなるまで遊んだ小川、真赤に夕焼けした空にたなびくけむり、あちこちに、ひっそりと咲いていた野花の数々など、すべて姿を消していました。また点在していた茅葺き屋根の家々もほとんどみることがなくなりました。同時に私の両親の様な人々も消え去っていきました。

ただそのものとして見ていた茅葺き屋根の家や両親の様な人々が既にあまり残っていないのではないかと思うようになりました。

六十年近く一度も引越しもせず、幸か不幸か生来のよりよくする以外現状を変えたくない、前だけ見て暮したいという母親の性格のせいか武相荘は、それを取りまく環境を含めほとんど変っておりません。

このたび色々な方々の御力添えによって、過ぎ去っていった時代を皆様にも偲んで頂きたく、旧白洲邸武相荘をオープンいたします。

[右頁]白洲邸母屋全景
[左頁]母屋の玄関には庭内の草木で飾られた海あがりの常滑大壺(鎌倉 高62・0 口径41・0)

犬馬難鬼魅易

［右頁］上右・鉄製灯明台（江戸　円径25・8）と伊万里白磁猪口（江戸中期）、花は河原撫子／上左・はじめて買った骨董といわれる瀬戸麦藁手火消し壺（江戸中期　高17・6）、西洋骨董の鏡、時計、温度計と次郎氏の買ってきた朝鮮の鐙／下右・十字之紋り旗指物（桃山　65・5×37・5）と加藤静允作の染付網手文掛花入（高24・2）、花は鉄線／下左・松田正平（洋画家）の書「犬馬難鬼魅易」（鬼や怪物を描くことよりも、犬や馬など普通のものを描く方が難しいの意）
［左頁］信楽檜垣文水指（室町　高14・8　口径22・0　30頁参照）、花は河原撫子、鳥足升麻

武相荘

[右頁]花器として愛用された土管残欠(天平　高47・2)と白洲次郎作の竹製スタンド、風見章の書「武相荘」、花はななかまど
[左]橋図団扇絵(江戸　紙本著色　24・0×23・0)と常滑蹲(室町　高12・0)、白洲次郎作のテーブル、花は白桔梗

[右頁]須恵器経筒外容器(平安末期　高24.7　8世坂東三津五郎旧蔵)と渥美壺(平安
高38.5　口径22.0)、田島隆夫の絵、花は姫百合、岡虎ノ尾、野あざみ、升麻
[左頁]居間に心地よく鎮座していた石仏坐像(北魏　和平5年銘＝464　高40.4)、李
朝簞笥の左に置かれているのは亡くなるまで手離さなかった信楽大壺(南北朝
高54.0)　撮影＝藤森武

備前陶盤(室町　径48.0　厚6.0)

[右頁]左より／ビール・ジョッキ(英国製　19世紀　高15・0)、デルフト色絵大皿(18世紀　径34・5)、ビール・ジョッキ(女婿の牧山圭男作　高9・7　「JS」とは白洲次郎のこと)、黒高麗扁壺(李朝初期　高14・0)、デルフト中皿(18世紀　径23・9)、ガラス器(フランス製　18世紀　高8・7)、デルフト色絵ジョッキ(17〜18世紀　高16・0　青山二郎・秦秀雄旧蔵)

[右頁]手前より／くらわんか茶碗（江戸）、絵瀬戸茶碗（江戸）、瀬戸麦藁手片口二種（江戸中期）、瀬戸麦藁手鉢（江戸中期）、瀬戸鉄釉掛分片口二種（江戸中期）、瀬戸掛分徳利（江戸中期）、加藤静允作の赤絵同心円文皿、染付人物文皿など五種、奥は平戸焼染付縞文手桶形花入（江戸　高38.0）　囲炉裏縁は伏見の骨董屋から買い求めたもの　自在鉤は引っ越して来た当時、柳宗悦から贈られたもの
[上]母屋縁側に置かれた瀬戸麦藁手水甕（江戸　高28.0　口径26.3）　花は薄、桔梗、吾亦紅、女郎花など

[右]熊谷守一の書「ほとけさま」(68・0×33・0)と黒田辰秋作の竹製花入(高35・5)
[左頁]奥座敷の床の間に置かれていた十一面観音立像(平安　高104・0)　絹織物の光背は柳悦博作　撮影=脇坂進

[右]水晶五輪塔(藤原　高5.0)
[下]白磁桃形水滴(李朝中期　高6.0)
富岡鉄斎旧蔵

右より／金銅鈴(法隆寺伝来　白鳳　高3.2)、金銅鈴(中尊寺伝来　藤原　高3.5)、神護寺経帙蝶形金具(藤原　3.8×5.5)、イヤリングにされた瓔珞(藤原)

[右上]大津絵「瓢簞鯰子」(江戸中期)
[右下]李朝民画「文字絵」(李朝後期)
[左上]丹波徳利　住吉丸太かうし(江戸後期　高12.6)、
　　　絵志野盃(桃山　高4.5　口径4.5)
[左下]絵堅手茶碗(李朝中期　高9.3)
◇以上は旧白洲邸「武相荘」オープニング特別企画
「白洲正子展」出品作品(11頁、17頁は除く)

［上右］庭に鎮座する石仏立像（鎌倉　高92・0）
［上左］石塔（室町　高115・0）
［左］古写真に見る母屋
［左頁］鈴鹿峠の道標が山道へいざなう

"ほんもの"とは何か?

談 白洲正子

東京の郊外、鶴川の一隅に住みついて五十五年、田舎に住めば不便なこともあるし、蛇や百足《むかで》だって出てきます。でもここにいればそれは当たり前のこと、私にとって大切なのは、半分自然の中にいるような状態なの。古い農家を改造した葦《よし》葺きの家なら、家そのものが自然と一緒に呼吸しているようなものでしょう。もし私が、ピタッと閉鎖された都会のコンクリートの中で暮らしたら、息苦しくてとても我慢できないと思う。

　たとえば朝、雨戸を開けるでしょう。とたんに木や草の匂いが漂ってきて、ああ今日から秋だなとか、今日から春になったなとか、移り変わる季節を肌で知ることができます。四季はもちろん、月の出、日の出も気になります。こういうことが欠けると、私は心身ともに具合が悪くなってしまうの。どうも、私のアイデンティティーは自然の方にあるみたい。

　でも歳をとってみると、もしここに住めなくなって、町中の一間にいるようになっても大丈夫かもしれないと思うようになりました。この頃は少し具合が悪くなるとすぐ入院します。都会の病院のまわりは朝が来てもビルしか見えません。壁紙などはどうしようもないけれども、変な絵が掛けてあれば外して好みのものに変え、お湯呑みだって、嫌なものは嫌だから、自分用の湯呑み一式、ひとまとめにして東京の友達に預かってもらっています。自分の日常の生活を病院へ持っていって、狭くてもいいからせめて、自分の世界を作るようにしています。

　ただ、私はこの頃ますます花がないといられないようになりました。花を活けていると、不思議に元気が湧いてきます。花なら何でもいいのだけれど、庭に咲いているものが特に好き。どうもこの頃の花屋さんの花は、バイオテクノロジーとかで作った妙に立派で造花のような花が多いわね。庭の花は、別に丹精こめて世話するわけではないのに、ごく自然に季節になると咲いてくれるでしょう。そういう花はひん曲がっていたり、か細かったりするけれども、私はその方が気に入っている。だいたいこの古い家に似合うような花しか活けません。

　花の命は厳しく言うと一日しかないもの。それなのに生け花の展覧会が一週間も続いたりするのはおかしいわよ。花ははかない、だからいいのよ。そのはかないものを、焼きものや籠など、かっちりと存在感のあるものにいれて生かす。私の花を誉めて下さる方がいるけれども、花を正式に習ったことは一度もありません。先生は器でした。陶器がこういうふ

花を活けていると元気になる　李朝の白磁壺に紅葉を中心にして、
晩秋の花々を活けていく　活け方は器が教えてくれる
撮影＝松藤庄平（以下41頁まで特記する以外同）

うに活けたら、と教えてくれるの。

お能から教わったことも多かった。四歳から仕舞を習い始め、始めの頃は何もわからずにただうれしくて舞台に立ってました。大人になってから、かなり上手いところまでいったと思って得意でいたけれども、五十年近く舞ってやめました。やめた原因は、自分が見えてきたから。女に能は無理だとほんとにわかったからです。これはひと口では言えないけれども、精神的にも肉体的にも無理だなとわかった時に、あっさりやめてしまいました。やめられたのは、五十年も一所懸命にやってみたからで、悔いは一つもありませんでした。

お能ばかりでなく、日本の伝統芸能は、肉体のみならず、自我もろとも〝人間〟をいったん殺してしまうのです。そして何もかも型に入れてしまうのです。装束の紐の結び方まで、まず型に則るのです。型に入れた上で、型をなくしてそこから自由になる。この自由になるということが、能の場合は、女にはむずかしい。だいたい、能は男のために出来たものですから、日本舞踊とはとても違うんです。

〝もの〟がわかりますか どうすれば

　そういうことをよく聞かれるのだけれど、いつも困ってしまう。はっきり言えるのは、私には自分が好きなものは実によくわかるということだけ。もちろん客観的な評価として、そのものが一級品かどうかはわかります。でもどれほど名品であろうと、欲しくないものは欲しくない。人間を例にとってみましょう。たとえば非のうちどころがなく立派な王侯貴族といえども、付き合うのは嫌という人がいるではありませんか。〝もの〟との付き合いもそれと同じ。とはいえ、私も最初からそれをわかっていたわけではなかった。若い頃、とても好いものだと思って、宋の赤絵の茶碗を手に入れました。確かに〝もの〟としても悪いものではなかった。その時、青山二郎さんが「何だ、こんなもの買いやがって」。何の説明もなく、それだけ言われた。こんなに好いものなのにと思ったけれども、持っているうちにやがてつまらなくなってきました。青山さんからはこんなことも聞きました。どんな素人でも、ごく上っ面の感じが良いとか悪いとかいうのはわかる、でもそれと〝もの〟が見えるかどうかとは別物だと。

　幸い母が趣味のよい人でしたから、私も子供の頃からいいものは見てきました。でもその頃の上流夫人は骨董狂いなんて品の悪いことはしません。だから母の趣味はよくても深くはなかった。私に才能があれば、最初から〝見える〟のだろうけど、〝もの〟がわかると言えるようになるまでかなりの時間がかかりました。いろいろとつまらないことも試してみましたが、そうしているうちに自分が何を求めているかわかってきたの。

　何がわかったか。私が欲しいのは〝語りあえるもの〟だったのね。だから一級品ではあっても、縁のない他人という感じのものもあるわけ。私はただ鑑賞するなんていやです。私は触りたい。特に焼きもの、茶碗などは重さも大事、手だけでなく唇でも味わわなくてはわかりません。そう、骨董と人間の付き合いって、男女の仲みたいなものですよ。青山さんが「骨董は奥さんのいない時に一人でそっと取り出すべし」って書いているけれど、そのとおりだと思います。

　心があるのは人間だけではないと、つくづく思うの。姿かたちという外側を見るだけでなく、〝もの〟を芯まで見ていくと、器や花にだって心があります。それは言葉では説明しきれないものだけど、陶器を見ていて「やっ、こいつは魂を持っていやがる」と思うものが確かにある。人間と同じで、魂というものはつかみどころがない。でも、あるということは感じられますね。人でも、絵でも、書でも。

　では、どうしたら〝もの〟がわかるか、という質問に簡単に答えるとしたら……。まず長い間それと付き合うこと。人のものを見てばかり、人に訊いてばかりはダメ。自分が〝もの〟と付き合うことです。それには、身銭を切って買うことです。博物館で解説を読み読み、眺めているだけでは、いつまでたっても〝もの〟はわからない。買う時には人の意見に頼らず、選ぶ基準は自分に置くこと。そうして付き合ってみると、陶器をはじめ、骨董から教えられることは多いですよ。自分発見の種になります。失敗したら失敗したで、一つ覚えるわけだし、そうしたら二度と同じ間違いはしないものですから。

目利きとは どんな人のことですか

骨董の世界に目利きといわれる人たちはたしかにいますよ。中国陶器の、日本陶磁の、もっと細かく志野の、織部のと、その分野のことならまかせとけというような人たちがね。私はただ、何か一つをつかんだ人なら、狭い分野にとどまらず、全てに通じてわかるのではないかしらと思っています。たとえば尊敬している臨床心理学者の河合隼雄さん。この方は「私は学者ですから、美しいものはわからない。美とは関係ない」と言われるのだけど、書かれていることはおのずから美しい。そして何についても実にわかっている。河合さんは机上の学者じゃないのよ。患者さんの診療に自らあたって、人間からじかに勉強された。この方こそほんものの〝目利き〟だと思いますよ。

それにつけても魯山人、あの人は美術品に関してはそれは大変な目利きでした。けれども全く教養のない人でしたね。ほんものの目利きなら、使用人への対し方を含めて、人間関係にも気を配るはず。ところが、やたらに自分だけが威張りたくるの。私、あれほど教養がなくて目だけ利く人がいるのが珍しくてしかたなかった。

能舞台で舞囃しを舞う
1960年(50歳)頃　撮影＝吉越立雄

一つ言っておくと、自分が目利きかどうかなど、私には関係ないことです。ただ、自分が好きなものだけはわかる。それも頑としてわかる。それだけは確かね。

小林秀雄さんや青山さんたちの骨董を通じての付き合いは、昔のお茶の世界に似ていたのではないかと思いますよ。彼らは骨董を見ることを通じて、利休の始めたお茶の精神を知ってました。利休は、まさに斬ったはったの戦国の世に、お茶を始めたわけでしょう。骨董を介した彼らの付き合いは、時代は遠く離れていても戦国武将と同じ凄味がありました。そういう意味で、新しい茶道だったと言ってもいいくらい。

そういう仲間の中心にいたジイちゃん（青山二郎）は、利休みたいな人だったと思う。彼らは現代の茶道そのものは嫌いなの。だから、方々の飲み屋を茶室にしていたようなものだと私は思うわ。

先程も言ったけれど、〝もの〟と付き合っていくうちに、〝もの〟は、自分の方から語りかけてくるものです。それまでは待つことが大切ですね。カルチャー・センターじゃあるまいし、人がお膳立てしてくれるはずはありません。

生け花の先生は器

母屋の玄関に置かれた常滑大壺に自然体で活けられた紅葉が日差しに映える

鶴川の家に移り住んでから、もう五十年以上の歳月が流れました。私は都会の生活が嫌で、家と一緒に呼吸しながら四季の移り変わりを自分の肌で感じる、そういう暮らしがしたかった。ここは都会とは違って、朝、窓を開けた途端に木犀や木蓮の匂いが漂ってきて「ああ、秋だな」とか、「春だな」とか感じることができるんです。私の家の庭には、たくさん花が植えてあるの。五月になれば、私の一番好きな大山レンゲが蕾をつけるし、秋なら山茶花や椿、木犀……紅葉も本当にきれい。そうした庭の花を気に入った器に活けて楽しんでます。私の生け花は、だれかに習ったわけじゃなくて、実は器が先生なの。器がこういうふうに活けて下さいって語りかけてくる。人間に自分に合った家が必要なように、花にも落着く場所が必要で、今の生け花がよくないのは、器のことをちっとも考えていないからね。花ばかりが目立つなんて私は嫌。花はいつも儚いものだから、その可憐な花をしっかりとした器が受けとめる。そこに静と動の調和した世界が生まれるの。極端にいえば器あっての花なのよ。

私は花を活けると、嫌なことも吹っ飛んで元気になるの。花を活ける——本当にいい言葉ね。自然の花はたしかに輝いて見えるけど、それはあくまでも素材。人間が摘み取って、器に入れて、部屋に飾って、はじめて花に本当の命が吹き込まれるのだと思う。利休は庭に植えて愛していた朝顔を秀吉が見たいというので、咲いた花を全部切ってしまい、たった一輪を床の間に活けたといいます。一番大切なもの、尊いものを捨て去ることによって、利休は見事に花を活かしたのね。外国には「生け花」に代わるような言葉がなくて、「フラワー・アレンジメント」なんて言っているけど、生け花は単に都合よくアレンジすることではないと私は思う。美しい花があって、しっかりした器があって、それに似合った空間があってこそ、花そのものも生きてくるのよ。

［談、以下同］

[上]鎌倉期の僧・文覚上人の書と寒牡丹
掛花入「革袋」は福森雅武作
[下]どの部屋にも花は欠かさない　居間の常滑壺には寒椿が活けられていた

季節の花を楽しむ
［上右］鉄製灯明台に原種の薔薇
［上左］加藤静允作の筒花入に薄、思い草
［下右］籠に秋の草々　撮影＝野中昭夫（上左、左頁3点も）
［下左］黄瀬戸片口に寒菊

［上］鉄製灯明台に鉄線
［右下］常滑蹲に木槿を一輪
［左下］加藤静允作の筒花入に山吹の実
富岡鉄斎の書「色即是空　空即是色」

天平時代の華籠（高4・8　径29・5　原三渓旧蔵）には山茶花と白侘助の花を散らす

花を散らした天平の華籠《けこ》……いいでしょう。仏様を供養する時に、お坊さんがこの籠に蓮の花びらを入れて散華《さんげ》するんです。縁が天平期の錦で、持ってみると、まるで空気みたいに軽いの。これは東京の骨董屋さんで見つけました。以前は原三渓が持っていたそうで、立派な二重の木箱に入っている。壊れやすくて、完全なものは少ないのだけど、蓮の花は今ないから、代わりに椿を散らしました。

　左の信楽は京都で買い求めたんです。時代を感じさせる、とってもいい箱に入っていて、その箱見ただけできっと中身もいいに違いないと思った。案の定、豪快な器だったわ。箱の脇に、墨で「飯つぎ」と書いてあった。きっとご飯入れたんでしょう、お坊さんの鉄鉢《てっぱつ》の形をしています。でも、そんなことはどうでもいいの。むしろ長年使った自然の味がついていて、花を活けるためにわざわざ作った変な器よりもずっと素敵。そば猪口とか、佃煮屋で使っていた籠とか、灰皿とか、その場にあるものに構わずに活けてます。こういった器に活けると、花と器が互いに主張し過ぎないで調和するのね。

京都の骨董屋で見つけた時、年代物の箱[右頁下]には「飯つぎ」と記されていた　信楽檜垣文水指には寒菊と麦の穂を大胆に活ける

酒飯の美味は器ひとつ

いいものだからといって、しまっておかない
[上]料理皿としても花生けとしても用いる草文瀬戸大皿
[右下]黒漆螺鈿袖形煙草盆「誰袖」(江戸初期　長径34.2)と織部幾何学文向付(江戸初期　高10.2)　2点とも仏教美術では随一の目利きであった藤田青花旧蔵

[上]愛用の酒器　瀬戸や唐津、古曾部、古伊万里など気分に合わせて愉しむ
[下]簡単な食事でも器選びの手は抜かない　食事はお気に入りの器で

食事も花を活けるのと同じ。器ひとつで、美味しいものはもっと美味しくなるものです。きょうの昼食は、穴子丼、おつゆにお浸し、漬物という、ごく簡単なもので、器もふだん使っているものばかり。どんぶりは黒田辰秋さんの漆椀。これは三十年ほど前、黒田さんの所に欅の木がないっていうので、私が一本買ってあげて、それで十客くらい出来たかな。小林秀雄さん、今日出海さん、福田恆存さんたちと分けたんです。お正月のお雑煮にも、煮物を入れたりする時も愛用してる。溜塗《ためぬり》なので、毎日のように使っていれば下から木目が透けてきて、木の味といい、口当たりといい、とってもよくなって来ました。ただ、いくら美味しいもの好きといっても、お寿司、ビフテキ、鰻、旬の鮎といった、いわゆる美食ばかりを追っているわけではないの。その時、食べたいものを食べるのが一番美味しい。食通とかグルメとか呼ばれて悦に入っている人は何だか気持ち悪くて。蘊蓄を傾ける前に、もっと食べ物と自然体で付き合わなければ、本当の美味しさは分からないわ。かといって、食べ物そっちのけで器自慢ばかり聞かされるのも不愉快。要は食べ物、器、その場の雰囲気など互いにバランスがとれて、はじめて本当に「美味しい」と感じられるのでしょう。

[右頁]守田蔵の置物「みみずく」を上下に離れるように切ってもらい、背中に穴を開けて蚊遣りとしたもの(高22.3)

〝珍品堂主人〟秦秀雄から買い求めた2点
[上]天啓赤絵茶碗(明末期　高8・1　口径9・9)
[下]サイの目が描かれた呉須茶碗(明　高10・0　口径12・0)　撮影=宮寺昭男(2点とも)

骨董って、ただ見るだけじゃだめなの。自分のお金を出して買って、手元に置いて使ってみなければわからない。当たり前のようだけど、手に持った時の感触とか、口に当てた感じとかが、とっても大事なのよ。それは、ほんと男女の仲みたい。撫でたり、さすったり、まるで恋人を愛するように五感で付き合って楽しむんです。

34頁の二点は井伏鱒二さんの『珍品堂主人』のモデルにもなった秦秀雄さんからゆずっていただいた茶碗。秦さんは贋作問題で、とかく風評の多い方だったけど、いつも「贋物を恐れるな」って豪語していた。この天啓赤絵も人によっては、しっかりした天啓の焼きものがこんなに焼きが甘いはずはないと言うかも知れない。でも、この茶碗には贋物の不健康な感じが一つもないのよ。やっぱり贋物と意識して作られたものはどこか変なの。この茶碗は一所懸命にきれいな器をつくろうとして、火の温度が低かったので、柔らかくなってしまったみたいな出来損ないの美しさがある。極端にいえば、人が何と言おうと自分が好きなら私はいいんです。学者なんかに聞かずに気に入ったら買えばいい。それで贋物だったら、そのうち失敗したと気づくだろうし、たとえ本当に贋物だったとしても、好きならそれでいいじゃない。そういう経験をして、だんだんとものが見えてくるようになるのかも知れない。

[上]菓子盆として使っている白漆小盆　栗の意匠が可愛らしい
[下]李朝の膳に置かれた魯山人の鉄絵土瓶と江戸期のそば猪口

愛するものに囲まれて

文房四宝の国・中国ならではの螺鈿筆入
蓋を開けると、なんと百円マーカーも登場

私は座って原稿を書くのが好きなので、書斎はほんとは家の隅の方にあるのよ。でも、関節炎を患ってから正座が出来なくなって、今は食堂で椅子に座って書いています。上が寝室で、その下が〝書斎〟（食堂）——つまり二部屋で暮らしているというわけなの。だから、余計なものまでカメラマンの松藤さんに見つかっちゃった。私は何でもそこらに置いてあるものを使っているので、螺鈿の筆箱に入っている万年筆とかラインマーカーまで撮られてしまった。

左の、たぶん色紙などを入れる文箱《ふばこ》は正体不明のもので、日本橋の骨董屋さんで安かったので買いました。このことを京都の友達の星野武男さんに話したら、「中に鎌倉時代の鶴の錦が張ってあるだろ。あれは俺が張ったんだ」というんでびっくりしたの。しかも今から三十年も前に売ったものとかで、値段もその時と同じだったので、二度びっくり。

[上]食堂で執筆中
[下]東京の骨董屋で見つけた螺鈿の箱　白い部分は卵殻で、その周りに亀甲の螺鈿が施されている　箱の中に張ってあるのは鎌倉時代の鶴の錦

こつこつと蒐めた古墳時代のガラス玉や
勾玉で自分だけの首飾りをつくる

ダイヤだけが宝石じゃない　発掘された古代ガラスを腕輪や指輪にして愛用している　近所の飾り屋さんに持っていって、自分の気に入った形に作ってもらった

ダイヤモンドだって欲しいけど、気に入るものは高くて手がでないわ。だから古墳から発掘したガラスだけしか、私持っていないの。

いつか某大使が「ヒスイですか」って聞くから、「ガラス玉よ」と言ったら、「ナァンダ、ガラスか」って馬鹿にされちゃった。日本の外交官なんて大体そういうもんです。

ちょうど日本が高度成長期で開発が始まった頃、古墳からいろいろ面白いものが出たの。奈良の骨董屋さんが持っていて、その頃は安かったから、たくさん買いました。今はもう手に入らないでしょうが、当時はまだうるさいことはいわなかった……。

ほかにも法隆寺とか中尊寺の鈴なんか首飾りにしているけど、骨董と同じように、ただ眺めてるだけでなく、使わなくちゃ面白くないもんね。古代ガラスの美しさは特別なものです。色々な不純物が混じっているため、複雑な色彩になっていて、それがとっても深い味があるんですよ。

愛用の槇野文平作の椅子に腰かけて

この椅子は、十年くらい前に松本の槇野文平さんに作っていただいたものなの。槇野さんはこういったものを作ってらっしゃる木工作家なの。本来は画家だから、人間の骨格をつかむのはお手のもので、私の体型に合わせて作って下さった。脚も背もたれも、みんな違う種類の木が使ってある。木の曲がりを生かして作っているんです。座った時の高さもぴったり。だから、私の身体をまるで包み込むように支えてくれて、とっても座り心地がいいの。実は槇野さんは最初、小林秀雄さんに作ってあげたいって言ってらしたのね。私は「早く作らないと死んじゃうよ」って言ってたんだけど、作り終えないうちに小林さんは本当に逝ってしまった。私も葉書に同じことを書いて出して、こっちは何とか間に合ったというわけ。今も槇野さんのお宅には、私の「死んじゃうよ」って書いた葉書が壁に張ってあるんだって。

テーブルは栃の材があったので、それを近くの大工さんに作ってもらったんです。家具屋に頼むときれいにし過ぎちゃうでしょ。だから木の皮がついたまま、表面もひび割れができて……。その割れたところを槇野さんが蝶々のかたちで留めて下さって、前よりも、もっといい感じのテーブルになりました。

[右]白洲氏の身体にあわせて槇野文平氏がいろいろな木を組み合わせて製作
[上]へんに作りすぎの既製品を嫌い、専門の職人ではなく、大工に依頼したテーブル　ひび割れができると、槇野氏に頼んで、蝶のかたちをした埋め木でとめてもらう

きもの美

白洲正子〝きもの美〟の原点
[上]産着(下左)や晴着など、子供時代のきものが簞笥に大切にしまわれていた　撮影＝野中昭夫(以下特記するもの以外は同)
[右]お付きの女性〝タチさん〟こと太刀川静に抱かれた正子　着ているのは上の写真左上のきものか　明治44年(1911)頃

私がきものを好きになったのは、もしかすると、外国育ちだったからといえましょう。

　日本での生活も、子供の頃は全部洋風でした。そういえば、父のドテラ姿というものを、私は覚えておりません。晩年には、見ることもありましたが、いつもきちんとネクタイをしているような人間で、茶の間でくつろぐということもありませんでした。日本の生活と切り離すことのできない、茶の間とかこたつといったようなものが、そもそも私たちの生活にはなかったのです。それがどんなに淋しいことか、後にわかりましたが、大人になってきものを好むようになったのも、その反動といえるかも知れません。必要上、たまには洋装をすることもありますが、それは働き着か、スポーツ用ぐらいで、大体スラックスに限られています。

　もう一つの理由は、きものなら外国へ行ってもごまかせるからです。若い頃はともかく、大人になっては、公式のお招《よ》ばれなどで、服装の方はどうにか間に合わせても、それにつき物の宝石までは手が出せません。どうも、ごまかすという言葉は好きませんけれども、そんな場合、きものの方がちゃんとして見えるのはいうまでもないことです。今では、そういう招待も、面倒なので行かなくなりましたが、外国人が宝石を好むのは、むろん一つの財産としてですが、少し年がいってからは、年令がもたらす多くの欠点がかくせるからで、逆にいえば、きものの方は、はじめからそういうものをかくすようにできているので、宝石を必要としなかったのでありましょう。

　そういうわけで、必要上きものをよそゆきとして持っていたのですが、これはほとんど好きな中には入りません。


　一方、私は小学校にあがる前から、お能を習っていましたので、これにはどうしても和服が必要でした。稽古は、かえって、洋服の方があらが見えていいというので、多くはそれで間に合わせていましたが、舞台着はいります。これは母が選んでくれました。洋風な生活の中で、母だけは、お茶やお香が好きな純日本風の趣味で、きものもかなり凝っていました。お転婆な私は、ぜんぜんそういうものに興味がなく、むしろ軽蔑していたくらいですが、子供の頃の環境というのは、おそろしいものです。教えられなくても、反撥しても、いつの間にか影響を受けている。大げさにいえば、そういうものだけが「伝統」といえるのでしょう。人為的に守っていくものが伝統ではありません。これは自分のことだけでなく、何につけてもいえると思いますが、私達の身近にあるきものについても、知らず知らずのうちに、どんなに祖先のお蔭をこうむっていることか。私がこの本を出す気になったのも、そういう事実に、気がついて頂きたいと思うからに他なりません。

　さて、舞台着の話に戻りますが、その頃――というのは大正から昭和の初期へかけてですが、日本ははでで、景気のいい時代でした。きものの技術も、今より残っていました。お嬢さん方の衣装も、江戸時代の名残りでしょうか、やたらに手のこんだ、御所どきのようなこまかい模様に縫いなどした、凝ったものが喜ばれました。

　が、舞台着というのは、遠くから見るものです。虫めがねで見るような精巧な染めも縫いも、舞台の上では見えないだけでなく、かえって引き立たない場合が多い。そこに気がついた母は、もっと安あがりで、しかも遠見のいい、たとえばのしめ（上が無地で、袖と胸から腰へかけて模様のある）風の模様を考えて着せてくれたのです。

上が緑ののしめで、紫のぼかしに金箔をちらした袴、はでな黄色に、松皮菱《まつかわびし》を紫で織出したきものに、萌黄の袴、といった調子で、子供の衣装としては、地味なものでしたが、まっ赤な人達の中では、かえって目立って見えたようです。ひと口にいえば、その衣装は、元禄時代の、若衆姿に似ていました。

ほんとに、きもののよさを知ったのは、戦争中のことです。

だんだん物がなくなって、ほしいきものが手に入らない。洋服はもちろんのこと、新しいきものも買えないので、古着屋や田舎の旧家などから、古い布をひっぱり出して来る。すると、古くさい木綿のふとんや野良着なんかに、とてもモダンな柄がある。早速仕立てて、縞はモンペに、絣は短い上着や半てんなどにする。自分で縫うことのたのしさを覚えたのもその頃でした。

どんなものでも、愛して、付き合ってみれば、情のわくものです。これはどんな人が織ったのだろう。旧家の、うす暗い部屋の中で、見知らぬ女の色香や涙まで、一つ一つの絣の中ににじんでいるように見えました。物を大事にすることも、（これはなかなか巧くいきませんけれども）戦争中に覚えたことの一つです。足袋のつづりや、古着のつくろいなど、戦争がなかったらあんなたのしみも知らなかったに違いありません。しまいには、破れた足袋を刺子《さしこ》にして、はいていましたが、そういうことでうっぷんを晴らしたというより、不自由の中にたのしみを見出すことの方が、私にとって興味があったようでした。

京都の古着屋へもよく行きました。今はなくなってしまいましたが、新門前や四条通りにもあり、東寺の市などは現在でも盛んです。東京では、日本橋仲通りの丸八、松島、両国の方のさらさ屋さんにも厄介になりました。古渡り唐桟《とうざん》、印度さらさ、琉球紅型《びんがた》、古い絞りなどの美しさも、もし不自由でなかったら、知らなかったことでしょう。骨董からげて物に至る、いろいろな布を集めましたが、その頃はほんとに古着の値段で、ただみたいなものでした。

おかしかったのは、そういう古物でつくって、着ていると、おそろし気な憲兵などに褒められたものです。今から考えると、気狂いじみた風潮で、ちょっとでもはでな格好をしていると、たとえば爪を赤く染めただけでも、国賊呼ばわりをされるという、想像もつかない程の空気でしたが、ある日スフの花模様で着かざっているお嬢さんのかたわらで、私が（国賊でない）見本として褒められたことがあり、気の毒やらおかしいやらいい気味やらで、困ったことがあります。きっと、徳川時代に奢侈禁止令が出た時も、こういう思いをした人が多かったことでしょう。その禁止令のお蔭で、日本人の趣味は一段と洗練され、表は地味にして、見えない所へ凝るという、しぶい好みが生まれたのですが、この伝統は未だに私達の中に生きつづけています。今、結城や紬の類がはやっているのも、単なる風潮ではなく、近くは戦争、遠くは将軍吉宗の倹約主義にまでさかのぼることができましょう。人間は、どこかで自由な羽をのばそうとする。まったくお洒落というものにはきりがありません。

自分の好みを申しますと、先にもふれましたが、洋服ならトウィードのスポーツ着、皮のジャンパーに相当するきもので、ふだん着か、それに近いものの方がたのしめます。よそゆきの、いわゆる訪

芭蕉布の夏着物　白洲邸の庭にて

問着の紋付といったようなものは、一向興味がない。婚礼用の黒紋付など、二十代のを未だ着たきり雀で、さいわい地味だったからいいようなものの、これではえばって「おしゃれ」というわけにもいきますまい。時には奮発して作ろうとするのですが、きまりきった裾模様を考えると、うんざりしてしまう。また元の木阿弥というわけです。

最近は諸事はでになって、ずい分贅沢な訪問着など召すようですが、案外布地や色がよくなくて、表面ばかりけばけばしたものが多いように見受けられます。中には、着物だけが歩いているように見えること、なきにしも非ずです。私は、はでなものがいけないというのではありません。が、はでと、けばけばは質を異にします。また、豪華な衣装、必ずしも贅沢とは限りません。三千円で贅沢な木綿もあれば、十万円で貧困なよそゆきもある。まして、きものだけを見せびらかす体のきものは、その人柄まで見えすけてしまいます。

勿論、きものは自分の為に着るといっても、本来、人に見せる為にあるものです。おしゃれとは、虚栄心以外の何物でもない。だから、見せる為に着ていいのですが、見せびらかす為に着る必要はない。それでは、たのしんでいるとはいえますまい。要は、背のびをしないことで、度々いいますように、自分に似合ったものを見出すことです。

自分に似合うきものがあるように、きものに似合う帯もあります。一つのきものに、一つの帯というのが理想ですが、そこまで凝る必要はないかも知れません。でも、買う時には一応考えてアンサムブルという感じにして頂きたい。——お断わりしておきますが、アンサムブルとは、「お揃い」の意味ではなく、「全体」とか「調和」ということです。これはむつかしいことではなく、馴れれば習慣になってしまいます。くれぐれも、年令より自分に似合うということ、全体の調和を考えること、きものの上手な買い方といって、それ以外にはありません。

❖

いいものは、あきが来ない。きもののもう一つのたのしみは、季節のかわり目に、簞笥をあけて、防虫香のかおりとともに、去年のきものを取り出すとき、まるで新しいもののように感じることでしょう。ほんとうに、「衣更え」という、新鮮な気持ちがするものです。それに比べ

右頁右上より、田島隆夫作かりやす縞、麻縮型染小紋、結城絣、小千谷藍十字絣、柳悦博作紬からし地市松、宮古上布、芭蕉布、琉球紺単衣絣、黄八丈、関口信男作藍染絽紬、大島郁作ロートン織、田島隆夫作琉球絣濃藍色格子の各部分

右は愛用していた立花長子作の羽織
左は〝藍ノ麻ノ葉ゆかた〞　白洲邸にて

更紗の袋物[上]や印伝の鼻緒の草履[左頁]など、小物も素敵

たら去年の洋服は、冬の扇のように味気ない。それは純然たる消耗品であり、特殊な皮類とか毛織物以外は、一シーズンで、捨て去るべき運命にあるのです。骨董的価値のあるきものの数は多いが、美術品なみの洋服は、至って少ないのをみてもそれはわかりましょう。昔から、きものは人間の肌身に一番近いものとして、ひいてはその人自身のように思われた例は少なくありません。「形身」といえば、きものを意味するのも、そのことを物語っていると思います。だから、きものに対する概念とか態度が、日本の場合は、ぜんぜん違う。単に消耗品としてではなく、祖先の魂を身にまとうものとして、大事に扱ったのも、故なきことではありません。

若い人達の間に、きものがはやってきたのは、うれしい傾向ですが、地味な蚊絣(十字絣)にまっ赤な帯をしめているのなぞ、大変きれいに、潑剌と見えます。無地のきものに、小紋の裾回しを使ったり、全体を地味に、帯止だけはでな色でひきしめるのも、効果があります。また、私自身のことをいえば、別にそうきめているわけではありませんけれど、大体一つきものに、一つの羽織しか用いません。自然にそういうことになってしまったので、その場合、きものか羽織か、どちらか無地になることが多いのです。

無地の面白さ、――これがおしゃれの最高です。無地だと、ごまかしがきかないので、まず生地のいいものを選ばねばなりません。必ずしも値段が高いからいいという意味ではなく、ぺらぺらしない、目のつんだもの、それに紬でしたら、糸使いの面白さもふくまれます。

無地は、全体的にいって、後染め（後から染めたもの）より、先染めの織物の方が美しい。というのは、糸を染めてから織ってあるので、深みがありますし、ひと口に無地といっても、遠見はたとえばねずみ一色に見えても、赤、黄、紫、藍など、さまざまの糸が織りこんである場合があり、そういうきものはいうにいわれぬ味わいがあるものです。

これは専門的な話になりますけれども、私など織物を注文する場合、一番困るのは染めものと違って、縦糸横糸の交錯で、思いがけぬ色彩が生まれることです。まして、十色も使うとなると見当もつきません。突拍子もない色とか、それだけではいやな色の糸が、美しい効果を現わすこともあって、そこに、織物の複雑さと微妙さはあるのです。織っている当人も、自分の手の中から、意外なものが生まれていくのに、びっくりする時もありましょう。が、織物は偶然できあがるものではなく、綿密な計算の上に成り立っているのですが、時には人智をこえたそんなたのしみもあるように聞いております。

きものは物質にすぎませんが、織った人間の心が、これ程現われるものもありません。機械織は別として、いかに上手でも、単に馴れと習慣で織ったり染めたりした人の作は、面白味がなく仕事を愛し、たのしんで作ったものには、作家と職人を問わず、生き生きした喜びが感じられます。私は大げさなことをいうのではありません。長年きものを着たあげく、売ったあげくそういうことがわかりました。作る人の中には、自分のきものがどういう人に売れたか、気にする人も沢山います。それ程、愛しているのです。昔、父が話してくれたことですが、祖父がもっていた英国のベンソンという時計を、三十年ばかりたって、ロンドンで直しにいった所、職人が覚えていて、大変なつかしがったということです。職人とはそうしたものです。何もきものに限るわけではありませんが、私達も彼等の気持ちは尊重し、大事にしなくてはならないと思います。

母の所には、福田屋千吉という呉服屋さんが来ていました。私はその人に、産着から作って貰い、今でも大事にしていますが、去年八十いくつで亡くなるまで、おもえば長い付き合いでした。

ずぼらで、酒呑みで、おまけに怠け者でしたが、面白い人物でした。ことに、母が心に描いた夢のようなきものを、受けとめるカンは天才的で、夢はいつも現

[上]薩摩絣の着物　袖口布と裾回しには濃い紫を使い、袖の振りにだけチラッと真っ赤がのぞく
[左]シックな琉球紺単衣絣(46頁)の正子流着こなし　白洲邸にて

実となってかえってくるのです。いいコンビだったといえましょう。彼はいつもいっていました。「たとえばごはんを盛るのでも、少しといっても、その少しが人それぞれによって違います。その分量を、はっきり見わけるのが、私達の商売です。お客様は、自分勝手に、注文をなさる。それは口ではいえないが、心の中でははっきり見えていらっしゃる。それを過不足なくとらえるのが、私の役目で、……エヘ、、、どうも偉そうなことを申しまして」と彼は言葉をにごしてしまうのでしたが他人の考えにそう、ということでは、ほんとうに職人気質に徹した人でした。

　そればかりでなく、殆んど芸術家に近い感覚も合わせ持っている人でした。私なんかがいつも困るのは、職人は技術は巧いが、話の通じないことで、両者兼ねもつ人は至って少ないことです。その点、この千吉さんほど、幅の広い人物はなく、また熱心な人も少ない。ある時、こんなことがありました。

　主人のきもの、――といっても、未だにこれ一組しかないのですが、せめて一枚ぐらいはと思い、たのんだことがあります。男のきものは、むつかしいので、任せるから作って貰いたいといいますと、「旦那様に会わせて下さい」という。呉服屋さんなどに縁が遠い方なので、未だ顔を見たこともなかったのです。で、会って貰いますと、ポンと手を叩いて、よくわかりました。やわらかい物はダメだな、とか何とかブツブツひとり言をいっていましたが、そこは怠け者のこと、一年ぐらい経ってようやくできあがって来ました。

　専門的なことはよくわかりませんでしたが、結城のそろいで、袴もつむぎ風のごつごつしたもの、それを全部しぶにつけたとか、羽織ときもの、袴と帯といったように、布地により少しずつ濃淡があって、いかにも文字どおりしぶいきもので気に入りました。

　ところが、羽織だけが仕立ててない。「それでは着られないじゃないの」というと、実はきものは思いどおりにいったが、羽織の裏が思いつかない。表がしぶいから、裏はパッとはでにいきたいが、「もう少々お待ち下さい」という。また一年たちました。

　と、ある晩遅く、電話がかかって来て、いきなり「旦那様、何のお年です?」と聞く。「虎ですよ」と答えると、「ああ、蛇だとよかったんですがね、とぐろを巻いた、いい奴がある。でも虎でも構わない。やってみましょう」

　判じものめいたことをいったと思うと、電話を切ってしまいました。すると再び、忘れた頃になって、上機嫌な顔で現われたのです。

　黒に近い羽織の、裏をぱっと広げると、見事な虎の皮が現われました。むらむらと洗い朱(うすい朱)をぼかした上に、奔放な筆づかいで、うす墨で縞が描かれている。模様というより、一幅の絵画でした。

　職人に何度やらせても、思うようにいかないので、自分で描いたといっていました。それ程仕事に打ち込み、きものが好きな人でした。

「奥様方のお召しものを作るんでも、あっしは、一つ一つ、惚れた女のきものを作るつもりでやってるんです。それでなきゃ、気に入ったものはできやしません」

　名言だと思いました。商売といっても、結局目先のもうけ仕事だけでは、ほんとにいい商人とはいえません。自分の仕事にほれこまないような人間に、特にきもののようなものは、美しいものができる

田島隆夫作[上・下]と宗廣力三作[中]の羽織　丈が短かく襟の折返しも少なく半纏風なのが特徴　床に置かれているのは黒め鉢(江戸中期　口径73.5)

はずはありません。あんな呑気な商売も、昔だからできたのでしょうが、一介の呉服屋さんでも、そこまで徹した人は、人間として幸福な生涯を送ったといえましょう。

彼は九十に近い高齢をもって、昭和三十五年の夏、大往生をとげました。しまいには、ぼけてしまって、病院を吉原と間違えたらしく、看護婦さん達が皆きれいなおいらんに見えるといっていました。

私が少しばかりきもののことを知っているのも、この福田屋さんに教わったことが多いのです。

〔『きもの美―選ぶ眼・着る心―』（1962年　徳間書店刊）より〕

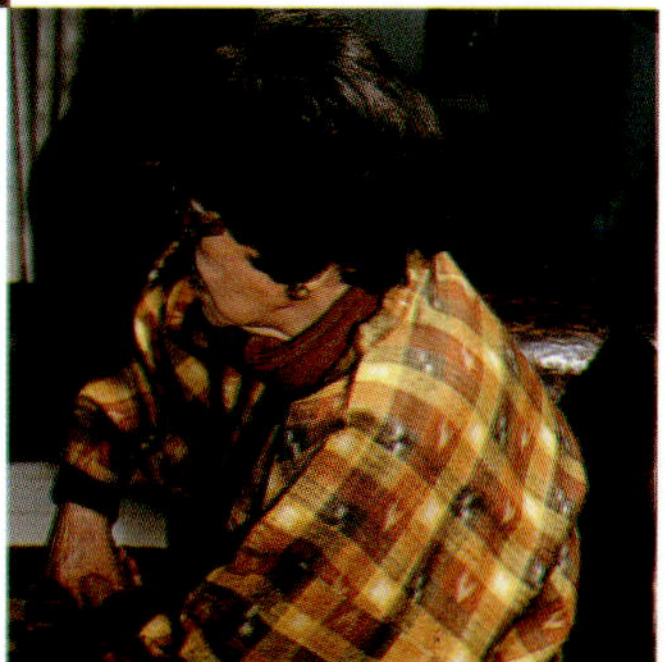

田島隆夫作の紬の茶羽織　洋服の上に羽織っても軽くて暖かい　撮影＝松藤庄平

[右頁]愛用の帯三種
[左頁]桜の花の模様を染めた古澤万
千子作の帯　撮影＝松藤庄平

母が作らせた紙子の帯　これだけ
柔らかくて上質なもみ紙は今では
とても作れないと紙職人がいう
撮影＝松藤庄平（左頁も）

ここに載せた紙子《かみこ》の帯を母が注文した時のことを覚えてます。場所は京都で、地の刷毛目はしぶ（柿渋）で引いてあり、清水坂の陶工――今ちょっと名前は忘れたけど、大変趣味のいい方で、目の前でして下さったの。その上に銀泥や金泥で夏の草花を描いたのは、出入りの福田屋千吉という染めものの名人の呉服屋さんで、いわば合作ってわけね。

その印象が強かったもんで、私自身も紙子で羽織をこさえたいと思って、方々を随分探したのよ。だけど、日本紙も昔のようなものは出来なくて、ごわごわしたものしか出来ないんで、結局あきらめました。お水取りの練行衆は今でも紙子を着ているけれど、あれほどの荒行にはごわごわしたものの方がいいかも知れないわね。でも、女の人にはダメです。この帯はそれこそ綿のように軽くて、とても締めのよい夏帯で、母の形見に貰っておいたの。

古澤万千子が桃山時代の絞り染めの技法「辻ヶ花」を現代に甦らせて染めた、花文をあしらった着物

上の「辻ヶ花」は、古澤万千子さんの傑作の一つで、昔「こうげい」という店をやっていた時に、お亡くなりになった文野朋子さんに作ったものです。紺屋《こうや》の白袴よ。もうだいぶ前に、たまたま私の家で預かってあったのを撮影したの。古澤さんのものは、みなお客様に上げてしまって、私は殆ど持っていないのだけど、今流行っている「辻ヶ花」とは随分違うことが一目でわかるでしょう。こういうきものは、着付けも桃山風に細い帯を締めたほうが似合うと思う。きものはもっと楽なものにならないと、若い人たちには忘れられてしまうでしょうね。室町・桃山風のついったけのきもの、とてもいいと思うんだけど、まだ皆さん太い帯締めている。あんなもの早く止した方がいいと思うわ。

白洲さんと親しかった織司・田島隆夫氏が経帷子用に贈った白布地

田島氏が自作の余り織地で仕立てた膝掛け　白洲さんは家の中で持ち歩くほどお気に入りだった

娘にねだった洋風“おふくろの味”

牧山桂子

いわゆる「おふくろの味」とでもいうのでしょうか、人は、人生のある成長期の一時期に、味の好みが出来あがってしまうように思えます。そしてその舌の記憶は、成人してから、本人も気付かずときおり顔を出すのでしょうか。

正子の場合は、少女時代の一時期を過したアメリカでの食事が「おふくろの味」にあたるようで、毎日の食生活にその当時に培われた好みがちょくちょく顔を出していました。

正子の本を読んで下さる方々は、彼女が日本的な趣味嗜好の人間だと思われている方が多いと思いますが、私から見ますと非常に西洋的な考え方、生き方、食い方の人間でした。

その中でも大きな特徴の一つが洋食好きです。まったく料理の出来ない母は、しばしば「食べたい、食べたい、作って、作って」と私に申しておりました。

そして折にふれ、アメリカでの祖父の友人宅で味わったたべもののいろいろを話しておりました。ラムのロースト、骨付きの大きなローストビーフ、イギリス風のお茶の時のホットビスケット、色が変わる程ゆでてあるインゲンのサラダ、山のようなベークドポテト、ゴルフ場のクラブハウスの名前のついたクラブハウスサンドウィッチ、一〇〇年も前に作られたというドライフルーツのたくさん入ったクリスマスケーキ（まずかったそうです）、濃度の濃いアイスクリームなどなどです。

でもそれらの記憶が、その後の外国や日本各地で味わったいろいろな味と頭の中でミックスし、時がたつにつれ、想像上の食物は無限の広がりを見せていきました。何かが食べたいと思いつくと口に入れるまで言い続け、もっとああだったこうだったと、古い記憶にぴったり重なるまで満足しませんでした。反面変り身も早く、味が違っていても「このほうがおいしいわ」ということも度々で、それがいつの間にか遠い昔の記憶の中の真実となっていったようです。常に過去を捨ててきた彼女ですが、こと食物に限っては、晩年まで記憶を引きずっていたというのは、不思議な気がします。

どちらかといいますと、父のほうが主婦のようなところがあり、家庭的な人でした。子供達を人里離れたスキー小屋に連れて行った時など、東京から持っていったコロッケや塩ジャケ、パンなどを雪の中に埋めておき、今でいえば冷凍しておき、十日程の滞在中食べさせてくれたものです。また戦後、ものがない時分、突然庭にセメントで石を積み上げ、トタン屋根をかけてオーヴンを作りあげ、パンを焼いて御満悦だったことがありました。今食べたらとてもパンといえる代物ではなかったと思いますが。今でもパンを焼いている時、夕暮れ時にたなびく煙のようにただよっていた良いにおいを思い出します。本当は、そのオーヴンで、イギリスに留学していた彼の若い頃の思い出である、ローストビーフといきたかったのでしょうが、戦後間もないことで

スパゲッティの作り方

◆スパゲッティ……自家製スパゲッティをつくる。強力粉200gに玉子1個、塩小さじ2、サラダ油小さじ2、そこに水はそれらがまとまるくらいの量を入れて混ぜて団子にし、一晩ねかせておく。翌日スパゲッティにする。
◆ナスとトマトのスパゲッティ……ナスは切ったら塩をして少々おき、素揚げにする。トマトソースはにんにくと玉葱みじんをいため、イタリアントマトを入れて塩こしょうで味をととのえたもの。トマトソースを暖めてナスを加え、モッツァレラチーズを1cmの角切りにしたものを入れて、ゆでたスパゲッティを和える。
◆アサリのスパゲッティ……オリーヴ油でにんにくや唐がらしみじん切りをいためてアサリを加え、白ワインをゴボッと入れる。アサリの口があいたらパセリを投入。ゆでたてのスパゲッティをまぜる。
◆ゴルゴンゾーラのスパゲッティ……小さく切ったゴルゴンゾーラチーズに生クリームを入れてとかし、塩味を確かめてからゆでたスパゲッティとあわせる。

彼女の大好物で、タリアテッレ、ラビオリなど、イタリアの麺類はどんな種類のものでも好きでしたが、手打麺でないと御機嫌が良くありませんでした。白いのはゴルゴンゾーラチーズを使ったものです。私が小さかった頃、京橋の明治屋にだけ売っていて、よく母に連れられて買いに行ったのを思い出します。

アンティークの洋皿に盛り付けたゴルゴンゾーラ、ナスとトマト、アサリのスパゲッティ３種（右より）

スパゲッティ

肉など手に入るはずもなく、パンでうさを晴らしていたのではないでしょうか。そんな父でしたから、晩年まで、こと食に関するかぎり、道具や食材は何でも買ってくれました。一万円の洋服には良い顔をしなくても。外国旅行のお土産は、人形の次は、あいだがなくもういきなり調理用具となりました。たとえば家事を何もしてくれない女房の替りを、無意識に私に求めていたのかも知れません。

　最初の頃は、フライがえし、おたまなどでしたが、嬉しそうな顔をすると、次から次へエスカレートし、電動のスパゲッティの機械、電動スライサー、電気ミキサーなどになりました。中には、うれしそうな顔をする前に、ちょっと頬が引き攣るようなものもありました。果物を丸くくりぬくものや、じゃがいもやにんじんの皮むき、じゃがいもをフライドポテト用に四角く切るもの、カニを切るだけのはさみなど、いかにも器用な日本人には不必要そうな品々です。無意識に不器用な我が妻が頭の中にあったらしいのです。今でも、おかしかったなと思うのは、終戦後しばらくして、帰国するアメリカ人から、大きな冷凍庫を貰いうけて来たこと。殺人鬼が欲しそうな、棺桶ほどの大きさがありました。ところが、せっかくのそれを、女房に邪魔だと嫌味を言われ、友人にあげてしまったのでした。あの格別大きな冷凍庫の中に、父が講和条約の帰りにハワイで買って来たアイスクリームが何個か淋しそうに入っていた光景を覚えています。

　正子は、子供や孫から何かを貰ったり、してもらったりすることが大好きでした。たとえば、調理道具を私にプレゼントするという習癖を、どういうわけだか次郎から受け継いだ私の息子が、67頁のアップルパイのトレイを買ってくれたときなど、顔にはありありと羨ましいとかいてあるのに、正子は「フン」という顔をしていました。彼女が八十八歳になった時、米寿の御祝いをしてくれと申しますので、私は、ここぞとばかり、「七五三をしてくれなかったからイーヤダヨ」と言いますと、あっという間に、耳の蓋が閉じられてしまいました。

　次郎と正子は、常に何かを競っていました。それが何であるかは良くわからないのですが、そして他人様がいらっしゃる時はそんなことがないのですが、どうも私の見る所、彼らの身内が同席している時に、顕著に表れるようでした。

　長い結婚生活、お互いに、ほとんど自分が勝てる事柄負ける事柄を熟知しているのですが、どうにも勝負のつかないの

チョコレートのロールケーキ

小さく作ったほうが喜びました。大きいと一つしか食べられないけれど、小さければ三つも四つも食べられるという、訳のわからない理由からです。

チョコレートのロールケーキの作り方

玉子6個を泡立て、砂糖150gを加え、さらに小麦粉75g、ココアを適当にまぜてケーキ地をつくる。天火で焼いたら熱いうちにロールする。冷めたらひろげ、生クリーム1パックに大さじ3杯の砂糖で泡立てたクリームを塗りつけて巻く。

がすき焼きでした。父は、たれを煮立てて肉を入れるのですが、母は肉を焼いてから砂糖、しょうゆ、酒、だしの順に入れるのです。テーブルの上にすき焼きの支度を目にした途端、火花が散り始めます。我々は、あーあ又すき焼きだと、何十回となく繰り返されて来た戦いの始まりを予感します。ああだこうだと同席者の顔をうかがいながら、何とか自分の味方につけようと、すき焼きそっちのけの攻防戦が始まるのでした。どっちの味方にもつかず、曖昧な笑いを浮かべているのが我々でした。鍋奉行という言葉は、鍋に自信のある人達につけられる名であって、主導権争いの代名詞ではなかったはずだと思いますが。

　母はあの料理をあの器で食べたいと申すことも度々で、皆で食卓につき「いただきます」と言ってから、これはやっぱりあの器の方が似合うと言い出して、器を替えさせることなど日常茶飯事でした。そして替えたのちじっと眺めているのが常でした。器を替えればそれをまた誰かが洗わなければならない手間などは想像外のことだったのでしょう。正子は、自分で使った食器を洗ったと言って金メダルを取ったように自慢する人でしたから。

ごく小ぶりにつくったロールケーキを
イタリア製のガラス器に

もっとも彼女の洗った食器はまた洗い直すことになるのですが。でもそんな母を見ていて料理と皿とは一つだと思うようになりました。

　私は、料理の研究家でも先生でも、また世間の料理上手の奥様でもありません。自分で新しい料理を生みだす力もありません。本で見、人から聞き、親に連れていってもらったりして食べたおいしい料理を真似するくらいが関の山です。結婚してから料理を教えて下さったW先生や、既に亡くなってしまった夫の母で、私の親友でもあった料理好きな照子さんが土台になっています。私は自分達家族の生活の中での自分の役割の一部を出来るだけ果したいと思っているだけです。父が母に向けていた批判的なまなざしを家族から受けたくないと思っています。「誰に食わせてもらっているんだ」などと言わせてなるものか。

　子供は、親に対して批判的な目を向けるか、あるいはまた親のようになりたいと思って育つか、そのどちらかではないかと思っていますが、私は明らかに前者に属します。何にも母親らしいことをしてくれなかった母ですが、ただ、母の子供で良かったということがあるとすれば、毎日の食事に深く関わる食器に目を向けるようになれたことです。何やきの何という器というだけでなく、自分達の好みに合った器に気に入った料理を盛って食事が出来るのは、幸せなことです。私の夫は結婚当初、白洲の家で食事をするたびに「この家は何て薄汚く欠けたような食器でメシを食うのだろう」と思ったそうですが、今では薄汚く欠けた食器で、りっぱに大満足して食事をしています。私が、いずれそういう感覚がわかるだろう伴侶を選べたというのも、親から授かった見えない力が働いたからでしょうか。また、汚れたり欠けたりしている器と一緒にしては申し訳ありませんが、多くの良き知人も母は残してくれました。

　長い間毎日の食事を作り続けたなかで、もっとも印象に残り、役に立っていると思うのは、御本人はもうお忘れでしょうが、京都嵐山吉兆の徳岡さんの御言葉です。父が亡くなりました十四、五年前のこと、徳岡さんが鶴川の母のところにおくやみに来て下さいました。たまたま母の家におりました私が最寄の駅までお送りした車中でうかがったお話です。それは、素人は決して玄人の真似をしてはいけないということでした。短いお言葉でしたが、今だにその一言が私の毎日の暮らしに役に立っています。

　たとえば、正子の古い友人の、川瀬敏郎さんの活ける花を見て、段階を踏まずに真似て花を活けたら、プロのモデルさんの化粧法やヘアースタイルをそのまま取り入れたら、料理屋さんの盛り付けを猿真似したら、知識としてあるだけで、生活の中には溶け込んでもいない酒の良し悪しを云々したとしたら、例をあげればきりがありません。いろいろなジャンルの玄人の方々の、自分が消化できる部分だけをつまめるのが素人の特権でしょうか。

　徳岡さんは、裏の畠から掘り出してきて煮た里いもには、吉兆でもかなわないとおっしゃっておられました。料理をする時には、いつも、家の畠から里いもを掘って来る気持ちを忘れないようにしたいと思っています。

　嫁入り道具もほとんど揃えてくれなかった母が持たせてくれた器、彼女の好みだった器の数々に、馬子にも衣装で料理を盛ってみました。正子好みの「おふくろの味」である洋食を皆様が楽しんで下されば幸いです。(編集部註――本書では四メニューのみを図版としました)

クルミパン

イギリスパンのように、焼きクルミがたくさん入っているのを、コロコロと四角に切って食べるのが好きでした。クルミを一つずつほじって食べながら、もの想いにふけっている様子でした。

クルミパンの作り方

パンだねにクルミを入れて焼く。

［上］正子さん好みに小さく切ったクルミパン
［左頁］息子の買ってくれたトレイにのせて

アップルパイはアメリカでもアイスクリームなどをのせてよく食べていたそうです。もっとリンゴがたくさん入った分厚いパイだったようです。これのやり方のアップルパイはW先生に教えて頂いたのですが、正子は「薄い方がおいしいわ」と変り身の早いところを見せました。

アップルパイの作り方

粉の半分強のバターをカッターで細かく切って水を加え、よくまぜあわせてパイ生地をつくる。まずパイ皮を天火で軽く焼いておいて、その上に薄切りのリンゴ（紅玉がよい）を並べ、もう一度天火に入れてリンゴがしんなりするまで焼く。その上に玉子＋砂糖＋牛乳にバニラエッセンスを加えたカスタードをかけ、シナモンをふって天火にもどし、焼き上げる。

アップルパイ

白洲学校の給食係

松井信義

そもそも白洲さんとの最初の出会いが、食いしん坊ばかりが集まる場でのことでした。「日本のたくみ」をお書きになっていたころですから、もう二十年ほど前になります。

私は、父の郷里、能登の七尾で幼児期を過ごしました。毎日、獲りたての魚を口にして育った私は、最上の魚は能登に限ると思っています。冬、しかも大寒の時期ともなれば最高潮。その厳寒のごく短い間をねらって友人を引き連れ、田舎家でそれらを堪能し、雪ふりしきる中、飲み喰い三昧の数日を過ごすのが私の恒例でした。その話を白洲正子さんが聞き付けて、突然いらっしゃることになったのです。

一行は黒田辰秋さんの子息・乾吉さん、陶芸家の福森雅武さん、黒田さんの友人と白洲さんです。

和倉の駅まで迎えに行くと、プラットフォームに汽車が停まって、男たちに囲まれて毛皮のコートにルイ・ヴィトンを提げた長身の白洲さんが、夕闇の中に浮かんで見えたのが、今も強く印象に残っています。

この時期の味の筆頭は、なんといっても鱈の刺身と牡蠣に尽きます。

鱈は入り海になった七尾湾の奥に定置網をしかけ、身を傷めないようにタモで獲るわけですが、この鱈は一日数百匹ほどしか翌朝の市場にあがらない。しかも、雌は産卵のために美味しくないので、雄と雌は分けて売られている。その雄を手に入れて刺身にしています。鱈は加速度的に味が落ちるので、当地へ行かねば到底味わうことはできない味覚です。

生のこのわたが一袋三百円くらい。自分たちで塩をして煮きり酒をちょこっとまぜて、どんぶりの熱いご飯にかけてズルズル……と、まるで卵掛けご飯みたいにして食べるわけです。今はさすがにそんな贅沢な食べ方はできなくなりましたが、真子、白子、なまこ……翌日の牡蠣小屋で殻ごと焼いて食べる牡蠣、そしてはちめ。これは能登の魚で、焼き魚としてはこれに勝るものはありません。

ところが、白洲さんの魚の食べ方は、決して上手とはいえません。小さい時からおつきの者が、身を外してくれていたのでしょう。このはちめを塩焼きですすめたところ、「旨い、旨い」と召し上がった。しかし骨にはまだ身がくっついているではないですか。私も相当に酔払っていたせいもあって、

「白洲さん、この骨にへばりついたとこが美味しいんですよ。ここ食べなきゃだめですよ」

白洲さんの皿をとって、はちめをきれいにして差し上げました。そうしたら皿を見て「あんた、やりすぎだよ」とじろりとひとにらみ。

こわかったですね。

能登で食べる海の幸は、旨さはいうまでもないのですが、魚の香りが決定的に違います。とびきり新鮮というだけでなく日本海特有の香りとでもいうのでしょうか。白洲さんもおそらく初めて体験なさったのでしょう。東京へ帰られてから電話がありました。

「あなた、わたし困っちゃう。あんなに美味しい味を覚えたんで、東京の鮨が食べられないのよ」

こんな賛辞の仕方は初めてのことで、胸が高鳴るように嬉しい思いでした。

七尾がきっかけで、白洲邸へ参上するようになりました。しかし、とにかく私は布のことも骨董のことも仏像のことも、なんにも分からない。ただ、白洲さんを囲む物作りの人

やそれぞれの道に通じた高名な方々が、目を輝かせながら夢中に語り合う姿、次第に熱気を帯びてくる雰囲気など、かつて私が経験したことのないたまらない魅力に引き寄せられてお邪魔させていただくようになったのです。

白洲さんは、自分の視点や考えをもっていない人は大嫌いでしたから、最初は私も手厳しくやられました。

「あんたって、何にも分からない人だね」

と、お酒の席で言われたこともあります。

しかし「美味しいものが好きなんだろう。そのうち骨董が分かるかも知れないヨ。美味しいものが分かっていることが基本、って小林秀雄さんも言っているから」とも言われました。

ある時、私が食べているのをじっと見てらしたんでしょうか、私に向かって、

「舌鼓を打つ、とはこういうことなんだ。わたし、初めて舌鼓って聞いたわ」

と言われたことがありました。

美味しいものには目がない食いしん坊――そのことが、七尾の出会いから亡くなるまでのお付き合いを通じて、白洲さんから唯一認められていたことだったのかな、と思います。

美味しいものがあると白洲さんに届けたい、こんなものは召し上がるだろうか、と、そんなことばかり言っている私に、家内がいみじくも言ったことがあります。

「あなたは白洲学校の給食係ね」と。

ご飯はどうする?

しかし白洲さんは、美味しいものの到来をただ待つだけの人では決してありません。

「ご飯はどうする?」「なに食べよう」――何をするにつけても「ご飯」と「食べる」という言葉が白洲さんの口に上りました。その独特なイントネーションは、今も耳に強く残っています。いつも、食べることにたいして明確なイメージがあり、その実現にこだわりをもっておられたのでした。

根津美術館へ茶道具の展覧会を見に行った時のことです。

「ちょうど小春日和だし、庭でお弁当食べようよ」といわれます。「なに食べよう。そうだ、ばら寿司がいい。どこがいい?」というわけで、西麻布の梅好のばら寿司を用意しました。会を見たあと、みんなで根津の庭に弁当を広げて食べたのです。茶碗のことをあれこれ語りながら、陽だまりで食べたばら寿司の弁当――あんな楽しみ方は、白洲さんの思いつきがなければ実現しなかったことです。

弁当といえば、新幹線でもそうでした。京都へ行く時に、新幹線の個室を利用したことがあります。そんな時も決して駅弁などで安易にはすまされない。

スケジュールが決まると「弁当なににする」というわけで、西麻布のつくしで拵えてもらい、ビールを飲み弁当をつっつきながら楽しい三時間を過ごします。京都というクライマックスへの序章作りだったのでしょう。

暑い夏の風景として印象的なのは、骨董の一日です。吉平美術店で骨董を見たあと「なに食べよう」とおっしゃるのですが、夏は必ず伊せ㐂で泥鰌を食べることになっていました。ひとつの流れなのです。

伊せ㐂はクーラーがないから夏は暑い。しかし団扇を使って汗かきながら泥鰌鍋を囲む。吉平の主人の風情は、その場にぴったり収まるし、骨董を楽しんだあとの雰囲気としてはまことにいい流れなのです。その日一日が、まるで描かれた一枚の絵のように、余韻をひきながらいつまでも心に残るのです。

友枝喜久夫さんのお仕舞を見た後のぽん多通いは、三年程続いたと思います。

長いこと白洲さんはお能のことを殆ど口になさいませんでした。戦前戦後に輩出した梅若実、喜多六平太を始めとする名人達の芸を十分に観てこられたので、今ひとつの感を呈する現代の能には幻滅を感じておられたのだと思います。

しかし能楽写真家の吉越立雄さんの勧めで友枝さんの「江口」をご覧になってからは、白洲さんの芯にある眠っていた何かが呼び覚

まされたように、能についてしばしば話されるようになりました。

「友枝さんの『実盛』があるから観にいこう」

国立能楽堂の正面の席で、並んで観ているときでした。しばらくすると、白洲さんの身体が小刻みに震えだしたのです。だんだん激しく肩まで上下するようになりました。

お具合が悪くなられたのだろうか、どうしたものだろう、と不安に駆られていましたら、そのうちハンカチを握りしめ、頬を拭き始められたのです。感動していらっしゃるのです。

今、まさに遠く平安の時代に身を置いていられるのか、あるいは実盛となって自らの境涯を嘆いておられるのか。

極まった能を舞う演者と、それを確実に感受する卓越した見者の凄まじいまでの関係に、私は目を瞠る思いでした。そして能の真髄をも、垣間見たような気がしました。

[右]白洲さんと筆者の店で
[中]20年ほど前、数人で能登に魚を食べに行った時故・黒田乾吉さんと
撮影＝田沼敦子(次も)
[左]焼いた牡蠣をほおばる

その後白洲さんは「弱法師」「羽衣」「景清」など十番以上ご覧になったと思いますが、残念なことに友枝さんは眼が次第に不自由になられ、ついに舞台に立つことが叶わぬこととなりました。

しかし舞一筋の友枝さん、それを観たいと願う白洲さんの気持ちとが重なって、友枝さんのお宅の稽古舞台で小さな仕舞の会が始められることに至ったのでした。

ほぼ月一回の会が実に待ちどおしい思いでした。規模は小さくなったものの、友枝さんの舞への強い執念と、白洲さんの能への高い見識とが相俟って、仕舞一番が能一番にもまさるドラマを醸し出していました。

まわりにいる私たちはお相伴に与っているのだと、私はいつも思っていました。

会が終わっても、みんな気持ちが高揚していますから、そのままお開きとはいかない。総勢十人前後が移動して、また白洲さんを中心に丁々発止。ぽん多のカツレツやタンシチユウを前にして、それはそれは楽しい時間でした。

ぽん多は、多分お若いころに行かれた店なのでしょう。青柳恵介さんと三人で仙台へ行った帰り、晩飯を食べることになって駅ビルを探したけれど入りたい店がない。

「三時間の我慢ですから、いっそのこと上野でぽん多か蓬莱屋でもいきますか？」

と聞いてみました。その時の白洲さんの目の輝き。忘れられません。リバイバルだったんです。

「そうだ、ぽん多だ。ぽん多行こう」と。

それ以降ここへ通うようになったのです。

好奇心が旺盛な白洲さんですが、初めての店に評判だけで入ることはありませんでした。

「どうなんだろう？　あそこが旨いっていう話だよ」

という訳で、先遣隊が下見して報告をする。それから腰をあげられるのが常でした。不愉

快な思いをしたくないと、食べるものに関しては結構用心深い方なのです。私なんかは旨いと小耳にするや、居ても立ってもいられない。なにを置いても飛んでいきたくてうずうずするのですが。

今はすっかりさまがわりしてしまいましたが、目白のたこ八は、私が通りがかりにみつけた店でした。ちょうど夕方で、若い衆が白衣を着て水を打っている。おでんやにしては珍しい。しもたやだし、これはもしや……と入ってみると、おでんの出しに艶があってそれだけでも酒の肴になるような旨さ。戻りの鰹もすごくいい。

「おばあさんと息子がやってましてね」と白洲さんに話すと、即「行こう」となりました。

カウンターに腰かけて、白洲さんはおばあさんに聞くんです。

「あなた、なんで髪の毛短く切っているの?」

するとおばあさん、

「ターキーのファンだったんですよ」

「ふーん」

そんな会話があって、二回三回行くうちに、また同じことを尋ねるのです。

「あなた、なんで髪の毛短いの?」

すると、「あんなにいばっていた男が戦争に負けて。からっきし意気地なくなっちゃった。悔しいから、わたしゃバッサリ髪の毛切っちゃったんです」。

実に気っ風のいいおばあさんにして最初の返事は、どうも嘘だな、と見抜いていらしたわけで、そういうところは凄かったと思います。

食べることだけでなく、瞬時瞬時に、白洲さんは人間を観察しているのです。

白洲家でのおもてなし

食べることは仲立ちなのだと感じたのは、白洲さんがお宅に人を呼ばれるときでした。

「あの人に会いたい」「あの人面白そうだ、こういうことが聞いてみたい」「一緒に飲んでみたい」と関心を持たれると、策を巡らしてことごとく実現なさっていました。

そのお膳だてのために食事へのお誘いがあったように思います。ですから人選もかなりこだわられていましたし、それに合わせて食べものを用意されていました。食べものは主役ではないけれど、脇役としてのしっかりした働きがないと話は弾まないからです。

竹の子の時期には、庭の竹の子を掘って炭で焼いたり若竹煮やら白和えやらでのもてなしがありました。長坂さんというお手伝いさんが、料理上手な人だったのです。

豆腐は、鶴川にいい木綿豆腐を作る人がいました。豆の香りが抜群で、口に入れるやぱあーっと大豆の匂いが広がり舌ざわりもいい。それが普通の四丁分くらいあって「固まり」といった風体の堂々とした豆腐です。

ある時、ついおいしくて全部私がぺろりと一丁食べてしまったことがありました。空になった黒い絵瀬戸の鉢を見てあきれたように、「あなた、これ一人で平らげちゃったの」とお目玉を喰らいましたが、目の奥では「ほうらご覧、美味しいだろう」とほほ笑んでおられるように見えました。

初夏には地ものの空豆があり、酒は八海山。浜名湖のすっぽんや京都の丸弥太から取り寄せた甘鯛《ぐじ》など。白洲さんのお声がかりだから極上の品々に違いない、と羨ましくなる程の

夏になると必ず一緒に行った伊せ喜　冷房のない店内で団扇を使い、汗だくになって泥鰌鍋を囲んだ　下は泥鰌を丸ごと煮た丸なべ　撮影＝筒口直弘(下のみ)

美味が並びます。

織物の田島隆夫さんとご一緒したときにも甘鯛《ぐじ》が出ました。骨をしゃぶってみると、じゅんじゅんと旨味が出てきました。思わず、

「これ、骨がうまい」

というと、さすがに白洲さんもこのときは怒られませんでした。お陰で甘鯛《ぐじ》の骨はつるつるになって猫またぎの有様でした。数日後田島さんから送られてきた色紙には、

晴ればれと鯛喰う人は羨しかも身さえ
骨さえただひたすらにして

と短歌が書いてあり、白洲さんと大笑いしました。集いがその場だけで終わらず、なにかしらのお愉しみがさらに続いたりするのも白洲さんのもてなしならではのことでした。

アルコールは余りお強くなかったと思います。酒そのものもお好きというわけではなかったけれど、一緒に飲む雰囲気を楽しまれて酒宴をよくなさったのでしょう。

酒の席では本音が出ます。しかし酔ってなくても白洲さんの口からは、酔った人以上に皮肉や毒舌が出ます。一年に二度くらいは酩酊されて、舌鋒ますます鋭く、標的になった人を徹底的にやっつけることもあり、小林秀雄や青山二郎を彷彿とさせました。

「傾向や現象の話なんて、もういいんだよ」

「社会情勢の分析はもう聞き飽きた。あんたはどう考えてるのかい」

相手が生返事をすると、さらに、

「わかってるのかい」

目を見据えて追い打ちをかけて確認を取る、というようなことも幾度かありました。

自分の信念を持たないのに一般論や世の中の傾向をしたり顔で吹聴することを、苦々しく思っていらしたのだと思います。

白洲家でのおもてなしで美味にもましてのご馳走は、白洲さんが床にかけておられる白隠禅師の書や、見せてくださるために選ばれた骨董の品々でした。

いろんな方を招かれた場に、私も幾度となく同席させていただきましたが、一生忘れられない宴は、木工の関野晃平さんと織物の田島さんが白洲邸へ招《よ》ばれたときです。このお二人が一緒に伺うことは、それまでありませんでした。合わせて私と青柳恵介さんもお邪魔しました。

お部屋には、お二人が喜びそうな骨董が、全部出してありました。

お二人とも寡黙な方たちなので、いつもの宴と違います。ほとんど会話らしきものは弾まないで、ぽそぽそぽそっと一言二言。また深い沈黙が支配します。しかし、それは決してやり場のない時間ではないのです。お二人がいかに物の中に浸り切っているかが、ひたひたと伝わってくるような沈黙なのです。

天平の白土の板を手に、じっと動かない関野さんは物の中へ入って一体化したようです。志野の輪花盃を凝視してやまない田島さんもそうです。

物がすべてを語っているわけですし、それを手にしている人の力量は白洲さんがよくご存じです。お二人がそこで感じていることを、沈黙の中で白洲さんも受けとめられて、至福の時だったと思います。

このころは体力も少し衰えておられましたし肉体的な労力は大変だったと想像しますが、招じ入れた人を十二分に満喫させるための白洲さんの的確さとサービス精神には完璧に近いものを感じました。

私にとっても驚くような時間でした。

ご馳走がいつものように次々並んだというのに、この食いしん坊の私が不思議なことに何も思いだせないのです。何を食べたか。何を飲んだのか。それよりも客人をもてなす白洲さんの気持ちと充実した静寂に圧倒されていたのです。

白洲さん自身、感動を共にする喜びは大きなものだったでしょう。骨董を愛でるのは一人でもできますが、分かる人と喜びを分かち合う。白洲さんの宴とはそういうことだったのです。人と会いたい、一緒に飲んでみたい、というのも、尽きるところはそういう喜びの共有だということを、あらためて感じた一夕でした。

ところで、白洲さんの家を訪れると、まず何方でも、お茶がいいのかコーヒーがいいのかと尋ねられます。遠慮したつもりで、

「ほうじ茶で結構です」

なんて言おうものなら大変です。

「結構なんていわないで。こんなに有り難いものはないんだから」

この台詞は何回も聞きました。というのは、白洲家のほうじ茶は、二種類の茶を取り寄せ自分の所でブレンドしてほうじていたからです。二十年間、福森雅武作の伊賀汲み出しに黒田辰秋さんの茶托。土瓶は魯山人でした。

コーヒーは、紀ノ国屋で売っているフレンチローストとイタリアンローストをパウダーにしてミックスしてもらっていました。それをネルのドリップでゆっくり落とすのです。濃厚ですがさらりと風味がある美味しいコーヒーで、私も真似をしています。

健啖家といわれたけれど……

健啖家といわれる白洲さんですが、たしかに当たっているところと少々ニュアンスが違う部分とがあるように思います。

味を極める、という意味からは、実に健啖家でした。好きになると後先がなくなるようなところがありました。

九段にある中国飯店へご一緒した時のことです。どうもタピオカに興味をもたれていたらしく、料理を注文する前にいきなり「タピオカ二つ」とオーダーです。

私もまだ食べたことはないけれど、たしか料理ではなかった筈と思って、

「白洲さん、タピオカってミルクの中に入っている白い粒々のやつですよね」

と確認すると、

「そうだよ。デザートはあれ二つ食べたいの」

黒酢の酢豚やら豆苗の炒め物などを食べたあとで、しっかり二鉢を召し上がりました。

お正月には、神田のさゝまの花びら餅を毎年お届けしました。決まって数は十五個。どうやら話をうかがっていると、ほとんど一人で召し上がるようなのです。もちろん二日がかりだったとは思いますが。

とにかく好きなものは徹底して食べるという集中的なところには感心しました。とことん堪能するまで食べ尽くすというのも、物の味を極めるひとつの食べ方です。食べながら極めていくのが白洲流だったのだと思います。

味としては、あまり手を加えないものがお好みでした。料理も自然の素材の味を生かしたものがお好きで、寿司や蕎麦が大好きだったのも、その現れだと思います。

小手先仕事でこねまわしたような料理は、食べるに及ばずと思われていたのでしょう。そんな料理がでてくると、亭主に「さっき食べてきたばかりなのよ」などと、上手に理由をつけて箸をつけようとはなさいません。

ですから、そこを出た途端お腹が空いてたまらない。「食べにいきたい」となります。

コース料理の終了後に再び注文した健啖家というように語られたりしますが、それは少々違うと思っています。まだまだ食べられるということではなくて、最初に出てきたものが気にいらなかったために、もっとシンプルで手を加えていない素材そのものを味わいたい、いわば口直しがしたいという意思表示だったのだと思います。

その場で、決して「まずい」という言葉を正面切って口にすることはなさらなかった方でしたから。美味しい時には、「美味しい」と連発なさいますが、お気に召さない時にはただ黙っていらっしゃいました。

入院先でカツサンド

「おいしいものを喰べるためには、千里の道も遠しとしない」と書かれていた白洲さんですが、さすがに晩年はお身体の方がいうことを聞かず外出がままならなくなりました。

時々珍しいものを鶴川へお持ちすると、ひどく喜ばれました。

麹町のプティフ・ア・ラ・カンパーニュと

いう店のカレーや、等々力駅近くの小さなラーメン屋が作る野菜がたくさん入った生餃子、越後屋若狭の水羊羹など。果物は昔の風味のまくわうりや無花果《いちじく》がお好きでした。

嫌いなものは少なかったと思いますが、刺激のある辛さは苦手でいらしたようです。カレーは、白洲さんだったら辛口に決まっていると思ったのですが、中辛でも甘口でもだめ。結局、お子様用カレーに落ち着きました。

晩年は、毎年のように入退院を繰り返されました。

ところが病院へ着くなり「○○食べたい」。必ず一つ二つ食べるものの注文が出ます。「カツサンド食べたい」と言われたのは最後の前の入院の時です。ソースがそんなにお好きではないし、などと考えて、半蔵門のシェ・カザマというパン屋さんにわがままを言って特製カツサンドを作ってもらいました。吟味した揚げたての豚カツを挟んだもので、病院に作りたてを持参すると、

「美味しい、美味しい」「嬉しい」

と、繰り返しおっしゃいました。給食係の冥利につきるようでした。

退院の際にも「わたし、お腹すいたー」と帰路、蕎麦屋へ立ち寄るのが習慣でした。赤坂の砂場の少し焦げた卵焼きが好きで、鳥わさ、焼き鳥、卵焼きを一人前ずつ。ビールかお銚子一本に、蕎麦を食べて鶴川へ戻ります。

今思いますと、白洲さんにとって食べることは一つの弾みだったんでしょう。食べないと生きていくバネにならない。こんどあれがあるからぽん多へ行こう、とか、この原稿が終わったら鮨屋へ行こうと、食べることは舞台の場面転換の手段のような意味をもっていたのではないかと思うのです。

[右]プティフ・ア・ラ・カンパーニュのカレー　刺激のある辛さは苦手で、お子様用のカレーが口に合った　撮影＝松藤庄平(左も)
[中]病床にさしいれたシェ・カザマのカツサンド　撮影＝筒口直弘
[左]根津美術館の庭の陽だまりで広げた梅好のばら寿司

最後にご一緒したのは、天ぷら屋です。

天ぷらは江戸前がお好きでした。関西風というのか、生っぽさを残した天ぷらは嫌いで、

「かりっと揚げたおいしいところを探してよ」

と言われていました。きっと香ばしいゴマ油の香りがすっと漂うようなものを、召し上がりたかったのだろうと思います。

最後まで見付けられず約束を果たすことができなかったのは、なんだか宿題を忘れたような思いが残ります。

亡くなる前にお見舞にいくと白洲さんは昏睡状態でした。

「美味しいもの食べにいきましょう」。そういうと目蓋が動くにきまっている、と思って「ねっ、帰りはぽん多へ行きます?」。

もう一度反応してほしいと願いました。

「やっぱり砂場にしますか。なにか食べたいですか」

こっくり、ウンを待っていました。長い時間。でもどうしようもありませんでした。

五日後に、白洲さんは逝かれました。

生涯をめぐる三つの断章

青柳恵介

一　不機嫌な子供

白洲正子は幼年期において、すでに何かを見てしまった人なのではなかろうか。明治四十三年（一九一〇）に生れた少女の見たものが何であったか、しかとは言えないが、漠然と言うなら、それは古い日本と新しい日本との境界のようなものだ。

　彼女は人みしりが強く、幼稚園や小学校では友達と仲よく遊ぶことができなくて砂場の隅っこで土ばかり掘っているような「不機嫌な子供」であったという（『白洲正子自伝』）。上野の博物館や鹿鳴館で知られるジョサイア・コンドル設計の洋館に住み、その麴町区永田町の邸の門のわきの長屋には馭者と別当が住んでいて、馬車が三台、馬が二頭いた。十六歳年長の姉、九歳年長の兄を持つ末っ子だったから両親には甘やかされて育った。洋館には「茶の間」も「炬燵」もなく、一家団欒の図などというのは絵空事だと思っていた。食堂の大きなテーブルで一人で食事をとることが多かった。食堂の壁には、父樺山愛輔の親類の黒田清輝の描いた《読書》という油絵が掛かっていた。その絵とにらめっこをするようにして食事をしていたという。

〈「読書」は暗く、緻密な絵で、鎧戸をもれるかすかな光が、赤い服を着た女の顔を青白く浮きあがらせ、眺めていると沈憂な感じがした。「読書」とは、たぶん後につけられた題名で、この女はちっとも読書なんかしてはいない。眼は本の上にありながら、心は遠くはなれて、深い物思いに沈んでいるように見えた〉（「黒田清輝の女人像」／『縁あって』所収）

　これは、白洲が後年のエッセーで語っている思い出だ。外光の射し込む、まさに近代日本の黎明の如き油絵を「沈憂な感じ」と眺めている視線に「不機嫌な子供」の心象までも見えるようである。

　少女正子は誰かから《読書》のモデルは、「黒田さんがパリで下宿していた家の娘さんで、二人は熱烈に愛し合っていたが、当時の家庭の事情が許さなかったため、生木を裂かれる思いで帰国された」という噂を聞く。黒田清輝は樺山家とは家も近く、単なる親類以上に親密なつき合いがあり、しばしば樺山家に遊びに来ていた。樺山愛輔も黒田清輝も鹿児島に生れ、明治の維新を成しとげた家の言わば二世として、周囲の人々の期待を担って若くして欧米に渡ったという共通項があった。清輝にとって樺山家は寛ぎの場でもあったのだろう。洋館のソファーに座って、心おきなく鹿児島弁で談笑が楽しめたに違いない。頻繁にやって来ては温顔をうかべ父や母と打ちとけてお喋りを交わしている「赤ら顔の、太った」おじさんの、パリでの恋愛の噂を耳にした少女は、どんな思いで食堂の《読書》を眺めたのだろうか。

　樺山家の洋館の客間の壁には、同じく黒田の代表作《湖畔》が掛かっていた。《湖畔》のモデルは後に黒田夫人になった「おてるさん」と呼ばれていた女性である。黒田はいつも独身の如くふるまい、「おてるさん」を樺山家に連れてくることはなかった。しかし、樺山家の人々はよく「おてるさん」を知っており、正子は彼女のことを「いつも蔭の人」だったという感想を語っている。

《湖畔》の印象について白洲正子は「空も山も水も一つの色にとけ合って、そこ

[前頁]大礼服姿の祖父・資紀の膝に抱かれた正子嬢　永田町・樺山邸の庭で　大正4年(1915)頃　〈祖父はそっと抱いたつもりでも力が強いので息苦しく、おまけに沢山つけた勲章のとげとげが背中にささって痛かった。不機嫌な顔つきをしてるのは一生懸命我慢していたからである〉(『白洲正子自伝』)

に団扇を持って涼んでいる女は、湖水から生まれた水の精のように清々しい」と記し、さらに『読書』の沈憂な表情と、『湖畔』の縹渺とした哀感は、まったく別の印象を与えるが、ただモデルだけは非常によく似ているような気がしていた。それは顔だちや姿ではなく、あくまでも『感じ』が似ていたにすぎないが、今にして思えば、モデルはパリの下宿屋の娘でも、日本人のおてるさんでもなくて、黒田清輝の心に描いた理想の女性像ではなかったか」と述べている。

家族の団欒を知らぬ、孤独で内向的な少女は二枚の絵を通して黒田の孤独な内面までも恐らくのぞき込んでいたのだろう。もちろん、私の想像には若干のアナクロニスムが交っているかもしれない。パリでの黒田の恋愛や、帰国後のおてるさんと黒田との関係を正子が知るのは後のことで、幼年期の彼女は実際は二枚の絵をただぼんやりと打ち眺めていただけのことかもしれない。しかし、そうだとすればなおさらのこと、食堂の《読書》から受ける拭うべくもない「沈憂」な感じ、客間の《湖畔》から受ける「縹渺とした哀感」は、「赤ら顔の、太った」おじさんの笑い声とは重ならなかったはずである。明確な言葉にはならなくとも、ヨーロッパの空気が重くのしかかって来る憂鬱、日本の湖にくつろぐ着物の女性が与える、ほっとはするけれども底知れぬ淋しさは、彼女の胸につきささったであろう。そして、その憂鬱も淋しさも、そのまま黒田清輝の内面だと直観したことであろう。さらには洋行する人の味わう「沈憂」が、自分の住んでいる洋館を支配している雰囲気であるとも感じとっていたのではなかろうか。

永田町の邸は電車通りに面していた。大きな石の門柱の上に塀を伝ってよじ登り、人みしりの強い少女は暮れなずむ往来を一人ぼんやり眺めることを好んだ。きつい目をした少女は走り去る電車を追った。麻布一聯隊や三聯隊のラッパの響きが聞こえてくることもあった。たとえば、彼女の生れる前の年に発表された夏目漱石の『それから』という小説を思い出してみよう。『それから』には限らないけれども、漱石は近代文明を象徴するものの代表として「電車」を描いてみせる。電車という機械は大きな力で一度に大勢の人間を乗せて、どこかへ拉し去る。文明を象徴する電車と前時代の馬車とが同時に東京の市中を疾走する光景を眺めた最後の世代が白洲正子の世代だったであろう。

樺山家の馭者と別当はときどき内緒でお嬢様を馬車に乗せ、三宅坂を下り、お濠のふちを霞ヶ関の方へ廻って帰館した。後年、馭者はなかなか馬を駆けさせてくれなかったと、自身で書いている。もっと早く走らせろとお嬢様は駄々をこねたのであろう。疾走することは白洲正子の生涯の趣味であったと言うべきである。小学校に上がった祝いに自転車を買って貰うと、彼女は近辺の坂道をブレーキをかけずに突走った。赤坂離宮から弁慶橋をすぎるまで、ブレーキをかけずに下ると富士見坂の途中まで登れた。たまに馬車に乗せて貰うことと、自転車の疾走が、はた目には恵まれて育った彼女の、幼年期の楽しいことのわずかな思い出であったようだ。

第一次大戦直後、父愛輔は自動車を購入した。七人乗りのキャデラック、「扉には家紋がついている大げさなもの」だった。馭者がそのまま運転手になり、別当はフットマンに変った。

〈私は馬と別れるのが辛かった。たしかに車は楽に坂道を登ったが、馬を飛ばして登る時のあの爽快さは味わえない。機

黒田清輝の代表作《読書》と《湖畔》を見て育った　近代洋画の第一人者・黒田清輝は正子の縁戚にあたる　父・樺山愛輔は黒田の遺言執行人代表を務めたほど近しい関係で、《読書》《湖畔》などの黒田作品を所蔵していた

[上]永田町の樺山邸　1930年頃、三菱銀行の会長・串田萬蔵（随筆家・串田孫一の父）に譲り、後に吉田茂の所有となるが、戦災で焼失　写真提供＝串田孫一氏

[下右]《読書》 1891　油彩　98.2×78.8　東京国立博物館蔵

[下左]《湖畔》 1897　油彩　69.0×84.7　東京文化財研究所蔵

樺山家の人々　家族そろっての記念写真　前列右から正子、母・常子、祖母・とも、兄・丑二、祖父・資紀、姉・泰子、後列左端に父・愛輔　大正2年（1913）頃

［右］父・樺山愛輔（1865〜1953）
［左］母・樺山常子（1875〜1929）

械というものの持つ便利さと、味けなさを、はじめて私は身にしみて知ったといえるであろう〉（「坂のある風景」／『縁あって』所収）

第一次大戦直後と言えば、彼女がまだ八、九歳の頃のことである。彼女は二頭の馬の名が「玉の浦」と「荒磯」であったとはっきり覚えている。ときに、馬車と電車と自動車が並んで走るような光景が現出したであろうが、私などには一寸想像もつかない。馭者が懸命になって車の運転を覚え、運転手となったという。何事も日本の近代化は急ごしらえであったと言ってしまえばそれまでだが、白洲正子は「機械というものの持つ便利さと、味けなさ」を知ったごく初期の人であったろうし、何よりも古い日本の新しい日本への変化を生活の中で感じた人であった。

最先端の欧米の文物にとり囲まれた少女が「古い日本」に接する機会は、大磯の別荘に出かけた時である。西行が「鳴立つ沢の秋の夕暮」という歌をここで詠んだと伝える海岸に「二松庵」と名づけた家を建て、彼女の祖父樺山資紀が住んでいた。薩摩藩士として維新に活躍し、明治政府において要職を歴任、日清戦争では貧弱な西京丸で定遠・鎮遠という清国の軍艦を破り、後に海軍大将となった人である。文字通り歴戦の兵《つわもの》であったが、晩年は大磯の庵に夫婦共に引き籠り、庵から離れた山手の農園で耕作にいそしむ静かな生活を送っていた。「鳥打帽に、はげちょろけたセルの着物、兵子帯を無雑作に巻きつけた」姿で、「よく、こういう人物に有りがちな、豪傑ぶった所も、重々しい所もない、といってふつうの意味での人情味もない、ただ漠として大きく、傍にいると、何となく安心していられる」人であった（「祖父の面影」／『韋駄天夫人』所収）。小学生の正子が、日清戦争の黄海の戦いで砲弾を浴びた際のことを、「お祖父様、ほんとにこわくなかったの？」と尋ねると「そりゃ、こわかったさ。あんな恐ろしいことはなかった。平気でいたなんて嘘だよ」と答え、孫の小娘が笑いころげるのを微笑を浮かべて眺めている、そういう祖父と孫との関係であったようだ。今も歴史に残る「蛮勇演説」を行った、松方内閣閣内一の武断派という面影もなく、一介の「田夫野人」として大磯の粗末な「二松庵」で余生を送っていた。祖母も、鹿鳴館のダンスパーティで着馴れぬ洋装のコルセットがきつすぎるのを我慢して卒倒したというような珍談もあったが、大磯では「薩摩の女」にもどり陽気な人柄を発揮して、夫は妻の言いなりであった。

〈（祖父母の家庭は）趣味とか、教養は皆無だった。大磯の隠居所と、東京の若夫婦、つまり私の父母達とは、生活態度が、ことごとく違っており、これはおそらく明治の新華族に通有な特徴だが、わずか一代の間によくこんなに進歩したと思われる程極くふつうな意味において文化的であった。が、それはまた明治という一時代の、烈しい世相の鏡だったかも知れない。たとえば調度一つにもその変遷は現れており、祖父の所でごてごての薩摩焼なぞ出されると、私はもう御飯が喉を通らなくて困る始末であった〉（「祖父の面影」）

あるとき私は、白洲さんに父君とお祖《じ》父《い》様との間に何か葛藤のようなものはなかったのか、質問したことがある。「葛藤って？」と、白洲さんはきわめて不審そうな顔をした。私はそのときも漱石の『それから』を例にあげた。『それから』の主人公代助の父の如く、維新に身命を賭して処し、生き抜いた世代と、代助の如く西洋の文化や思想を学んだ世代とのギャ

[上]晩年の資紀・とも夫妻　大磯の別荘「二松庵」にて
大正10年(1921)頃
[左]母方の祖父・川村純義(1836〜1904)

ップ、あるいは「白樺派」の作家達の多くが抱えていた父子の対立といったテーマは樺山家においてはなかったものだろうかと改めて問うと、白洲さんは質問の趣旨は了解したというふうに首をふり「なかったねえ」と答え、やや時を置いて「そんな文学的なものは」とつけ加えた。私はそのとき白洲さんにはぐらかされたような気がして、あげた例が悪かったかなと思ったのだが、今思えば私の質問自体が「文学的」な類型を求めていたのだと思う。もっと言うならば、「ただ漠として大きく、傍にいると、何となく安心していられる」祖父と、「文学的」な関心を一切持たず、「自ら毒にも薬にもならぬ凡人であると自覚し、つとめてそういうふ

アメリカ仕込み?のブルマー姿　正子さんは帰国子女の先駆けだった　1924年、14歳の時に渡米、ニュージャージー州のハートリッジ・スクールに入学18歳で帰国するまでの4年間、異国の友人たちと寄宿舎生活を過ごした　サマー・キャンプの制服姿のこの写真は、帰国直後に撮られたものか

くわえ煙草でキメる男装の麗人　若い頃からどんな恰好をしてもサマになった　1928年(18歳)頃

うに生きるのに専心した」(「凡人の智恵」/『私の芸術家訪問記』所収)父との、団欒はなくとも、穏和で調和的な父子関係に、孫の「不機嫌な子供」がどうかかわって行ったのか、好奇の目をもって私は尋ねたのだったと思う。そういう質問を受けた際の白洲さんの反射神経は晩年にいたるまで鋭かった。

結論を急ごう。論証を省いて言えば、おそらく、少女正子は幼年期のかなり早い時期に、すでに父親の孤独を共有してしまったのではないか。「明治という一時代の、烈しい世相の鏡」を、永田町の洋館と大磯の「二松庵」の生活との間に見てしまった彼女にとって、あるいは明治の二代目として洋行する者の「沈憂」を肌で感じとった彼女にとって、父子の葛藤も対立も自身の「不機嫌」の一つの仮定前提でしかなかったのではあるまいか。

〈父母は何一つ教えてくれなかったし、叱られたことは一度もない。もっとも父が書いた祖父の思い出話を読んでも、叱られたことはないといっているから、それが薩摩隼人の気風だったのかも知れない。そのかわり変なことをしたら有無《うむ》をいわせぬといった気配は、目くばせ一つにも感じられたから、ふだんは甘ったれていても私にとって両親は一目置ける存在であった。といって、いつも顔色を見ていたわけではないので、我慢させたことは多かったに違いない。

小学校へ入る前に、富士山に登りたいといってダダをこねたのも、十四歳の時に一人でアメリカへ行くといってゴネたのも、あばれん坊の白洲次郎と結婚させなければ家出をするといっておどかしたのも、みなそういうことのうちに入るか

も知れない〉(『白洲正子自伝』)

こういう文章を改めて読んでみると、親子の葛藤とか、対立というテーマは皆正子その人の胸中にこそあったものだと思われて来るだろう。古い日本と新しい日本との境界を見てしまった「不機嫌な子供」は、言わば樺山家という家そのものに、「ダダをこね」、「おどかし」て、自分の将来を切り拓いて行くことになるのである。

[上]芳紀18歳、白洲次郎に一目惚れ　1928年、正子は兄・丑二の紹介で26歳の次郎に出会い、翌年めでたく結婚する　大磯でのこのスナップは1929年、次郎の撮影とおぼしい

[左]秩父宮妃は幼友だち　正子さんと秩父宮妃勢津子さん(左)とは学習院初等科3年からの仲よし　終生変わらぬ友情で結ばれていた　写真は御殿場にて　1928年

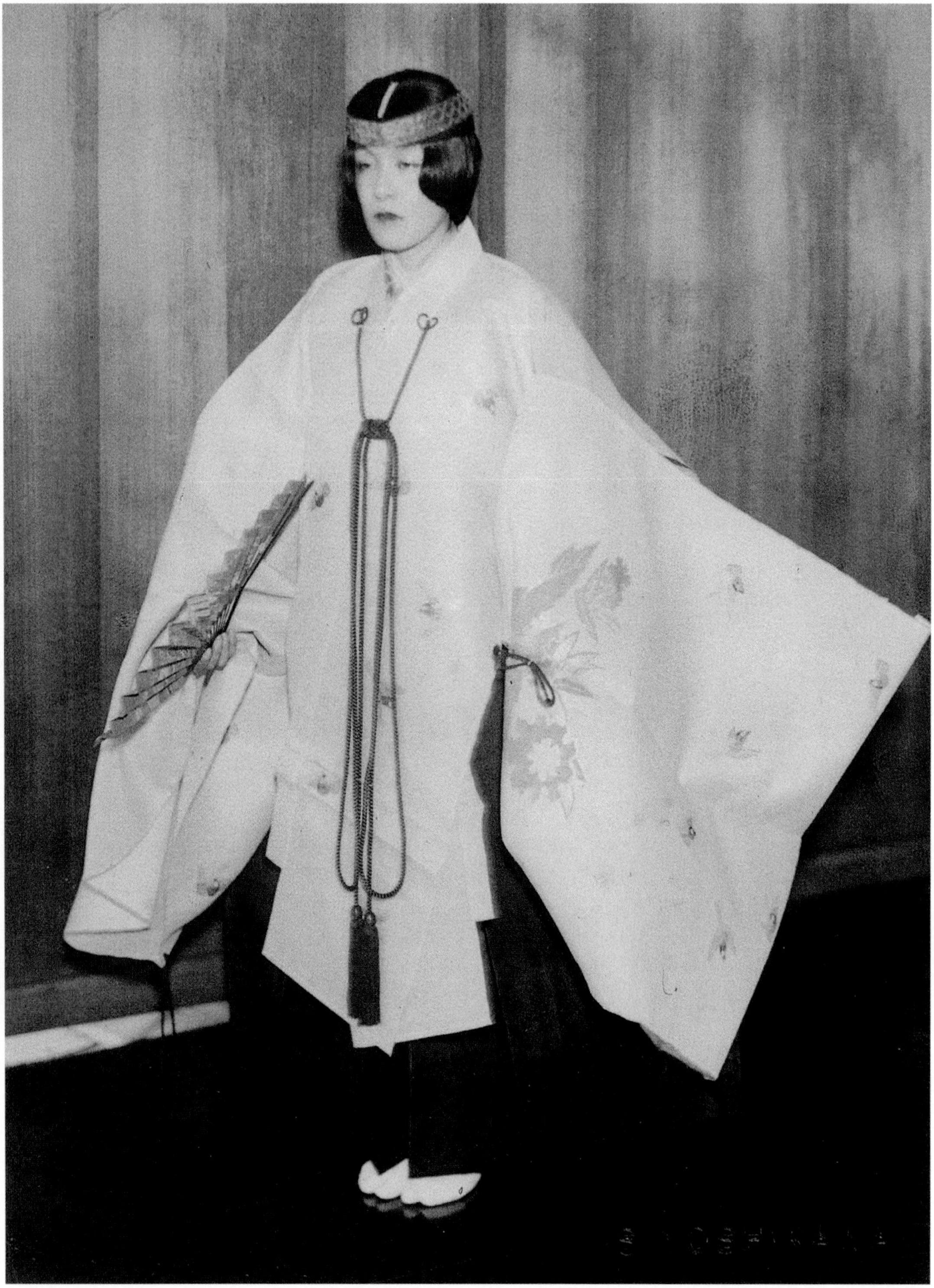

[右頁]アメリカ留学から帰国後、再び能を始める
[左頁]新婚時代はヨーロッパ旅行へ　1931〜36年にかけて正子は夫・次郎の仕事の関係で毎年欧州に出かけ、イギリス、スイスなどを旅して歩いた　当時のものと思われるこの1枚は、まるでファッションモデルさながら

二　「座敷のテリヤ」時代

愚問なのだが、白洲正子はいつ白洲正子になったのだろうか。愚問に愚答をもってすると、昭和二十八年四十三歳の頃だと私は思う。

　戦争が始まると、白洲夫妻は鶴川村に引き籠り、白洲次郎は農作業にはげみ、白洲正子はズボンを穿いて仕舞の稽古に精を出していた。また梅若家から預った能面を眺め暮らす毎日でもあった。昭和二十年、空襲で焼け出された河上徹太郎夫妻を白洲次郎は鶴川の家に快く迎えた。河上は正子に小林秀雄の本を読むことをすすめ、また青山二郎という人物の魅力を語った。小林・青山・河上の三人は特別な友情で結ばれているらしく、他人を羨しがることのなかった正子が珍しく「猛烈な嫉妬を覚え」、未知の「男同士の付合いの緊密さ」に、「どうしてもあの中に割って入りたい、切り込んででも入ってみせる」と決意した（『いまなぜ青山二郎なのか』）。敗戦と同時に白洲次郎は吉田茂に請われて終戦連絡中央事務局の仕事に没頭し始めた時期である。吉田満の『戦艦大和ノ最期』の出版について、GHQの許可をとって貰うことを頼みに、河上の紹介で小林秀雄が鶴川にやって来た。吉田満の無私な目の輝きについて滔々と語る小林の目に、白洲夫妻は同じく無私の輝きを見た。敗戦の混乱した世にあって、日本の再建のために寝ずに働く次郎を横に認め、正子はもう一度自分を鍛え上げようと決心したのだと思われる。

　すでに三人の子供を持ち、三十代の半ばを過ぎた白洲正子がとびこんだ世界は、骨董を買い、文章を書くことによって自己を表現する世界である。河上・小林・青山の友人関係に、「割って入」った、世間知らずの正子のことを青山二郎は「座敷のテリヤ」と呼んだ。「尻《し》ッ尾《ぽ》をふり過ぎ、後足をふん張り、畳の目をふん張った足が左右に滑べる。恁《こ》んなポーズに、人も自分も捲《ま》き添へを食つてゐる」（『私の芸術家訪問記』の「あとがき」）。日本橋の壺中居、瀬津雅陶堂、繭山龍泉堂で高価な焼きものを買い、銀座のバーで青山にその買い物を見せる。宋の赤絵を見せれば「何だ、こんなもの夢二じゃないか」と言い、これならばというものを見せれば「フン、これは昨日僕が売ったものだ」と言われる。つき合って貰うために呑めない酒を必死の思いで呑んだ。

　小林秀雄も激しかった。ぐいのみを十ばかり机の上に並べて、端から値段をつけて見ろと言う。「あたし、素人だから値段なんてわかんないわ」と答えると「馬鹿野郎！　値がつけられないで骨董を買う奴があるか」と怖しい迫力で睨みつける。

　大岡昇平の命名した「青山学院」には様々な文士がたむろしていた。白洲正子は「有閑マダム」と呼ばれようが、「座敷のテリヤ」と呼ばれようが身体を張って、しばしば泣きながらも彼らとつき合った。青山二郎（通称ジィちゃん）という先導者を得て「異界」を訪問した彼女には、次から次に試練が課されたに違いない。深酒、睡眠不足で胃潰瘍を何度もくり返した。

〈たとえばこんなことがあった。ジィちゃんと付合う時は、いつも朝まで飲む覚悟でいたが、大磯に私の父親が住んでいたので、その日は早めに失礼するつもりでいた。私が途中でずらかろうとしてい

[左]能面と白洲正子　幼ない頃から能に親しみ、『お能』は彼女の文筆活動の第一歩となった　自邸の居間にて　1960年代
[下]「今日も白洲正子泣く」〝お嬢さま白洲正子〟は青山二郎や小林秀雄らに罵声を浴びせられながら鍛えられ、本格的な文筆活動に入る　写真は鶴川にて　1953年(43歳)頃

るのを見て、ジィちゃんがどこへ行くのか訊《き》いたので、「大磯の父のところへ行くの。あたし、親孝行なのよ」といったとたんに爆弾が落ちた。
「親なんて仮りのものじゃないか！」〉
（『いまなぜ青山二郎なのか』）

白洲正子の訪問した「異界」において最も軽蔑されたのは「里心」というものであったろう。「里心」がついた途端に「異界」の光景は色彩を失い、構築物は崩壊する。「家庭の幸せは諸悪の根源」と述べたのは太宰治であるけれども、「青山学院」においては敢えてそのようなことを言挙げすること自体が、もはや「里心」なのである。それを捨てるために酒を呑み、骨董を買っていたのが青山二郎という人物であったと言ってもよい。

白洲正子を苛めたのは小林秀雄や青山二郎だけではなかった。ある時、彼女は川崎長太郎に関心を持った。小田原の淫売宿を舞台にした作品を彫るようにして描いた、極貧の私小説作家である。「里心」を捨てきって、むしろ貧乏を楽しんだ作家だったと言っていいかもしれない。「韋駄天お正」と青山二郎に渾名をつけられたほどの行動力を持った彼女は「文藝手帖」に記された住所を頼りに、冬の一日小田原の川崎長太郎を訪ねた。陋屋の土間はあけっ放しで、目当ての川崎は留守。ついで淫売宿に道を聞きつつたどり着いたが、そこにも彼は来ていない。もう一度川崎の家に立ち寄り、手土産の一升瓶を土間に置いて帰って来た。しばらくして川崎長太郎の出版記念会が開かれ、白洲はそこに出席した。川崎は一升瓶に付けた名刺から白洲を知り、丁重な礼を述べた。

〈そこまではまあまあであったが、その後が悪かった。何人か祝辞を述べた後で、尾崎一雄さんからこっぴどくやっつけられたのである。

欲ばり正子の交遊録

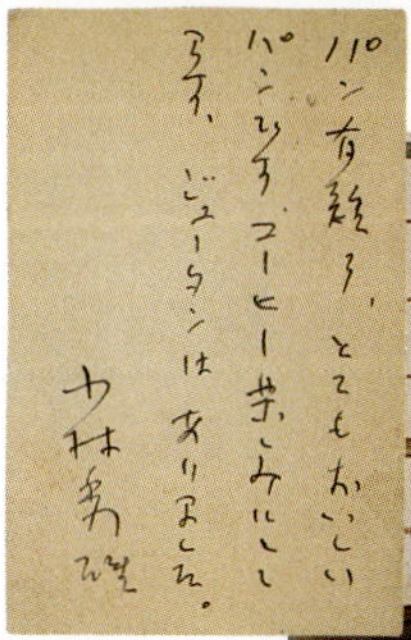
パン有難う、とてもおいしいパンでした。コーヒー楽しみにしてます。ジューサーはありません。
小林秀雄

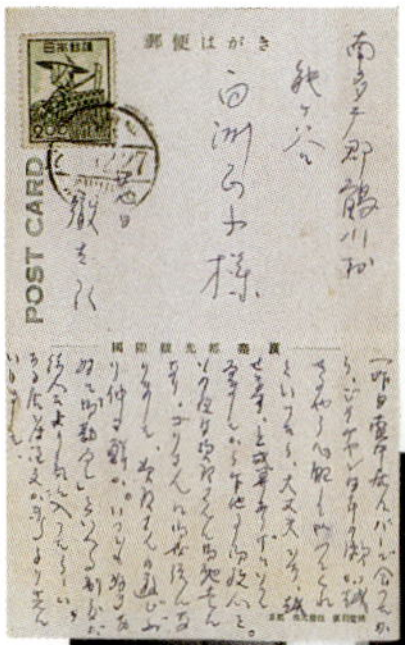

「この頃は金持の女が文士を訪ねるのがはやっているらしい。ベンツか何かに乗って、大えばりでやって来て、見物して帰って行く。ああいうのは許しがたい。川崎さん、あなたも気をつけて下さい」

　あきらかに私のことである。私は金持でもなければ、ベンツも持ってはいない。まして、大えばりで見物なんかに行った覚えはない。そう思って唇を噛みしめていたが、衆人環視の中では言いわけのしようもなかった。

　尾崎さんの一言は私を叩きのめし、早々にして退散した〉（「今は昔　文士気質」／『夕顔』所収）

　この話には後日譚があって、二十年以上も後に彼女の『かくれ里』が読売文学賞を受賞した際、尾崎は弾丸のように走って来て「わたしはあんたを見損ってた。何と謝っていいかわからん。ごめんよ。ほんとに申しわけないと思ってる」と、きつく白洲の手を握ったという。

　しかしその頃、白洲正子は世の人々からどれほどの誤解を受けたであろうか。「唇を噛みしめ」る日々の連続だったのではあるまいか。川崎長太郎の会を逃げ出した白洲は銀座のバーに青山二郎を求めて、洗いざらい打ち明けると、「だから一人歩きはするなといったじゃないか。大馬鹿野郎のコンコンチキ奴《め》。テメエは精神年齢御年十八歳の世間見ずなんだぞ」と罵声を浴びせられた。この頃の青山二郎の日記には「今日も白洲正子泣く」という一文が頻出する。

　青山はある時、しんみりした口調で「お前さんが物になってくれないと、俺、困るんだよ」と言い、「早く尼になって、白いきものを着てすらりと立って見せてごらん」とも言った由。これはこれで、罵倒されるよりもつらい言葉である。

　昭和二十八年（一九五三）十月、白洲正子の父樺山愛輔は数え八十九歳で他界す

［上右］小林秀雄（文芸評論家　1902〜83）　白洲正子に最も影響を与えた人物のひとり　戦後、河上徹太郎から紹介された　正子の次男・兼正氏は小林秀雄の長女・明子さんと結婚　葉書「パン有難う……」は昭和33年2月22日消印の礼状
［上左］河上徹太郎（評論家　1902〜80）　軽井沢の別荘が隣り同士だったことが付き合いの始まり　文士たちとの交遊の〝仲介人〟だった（撮影＝仁田三夫）　葉書は河上からの年末の挨拶（年不詳）

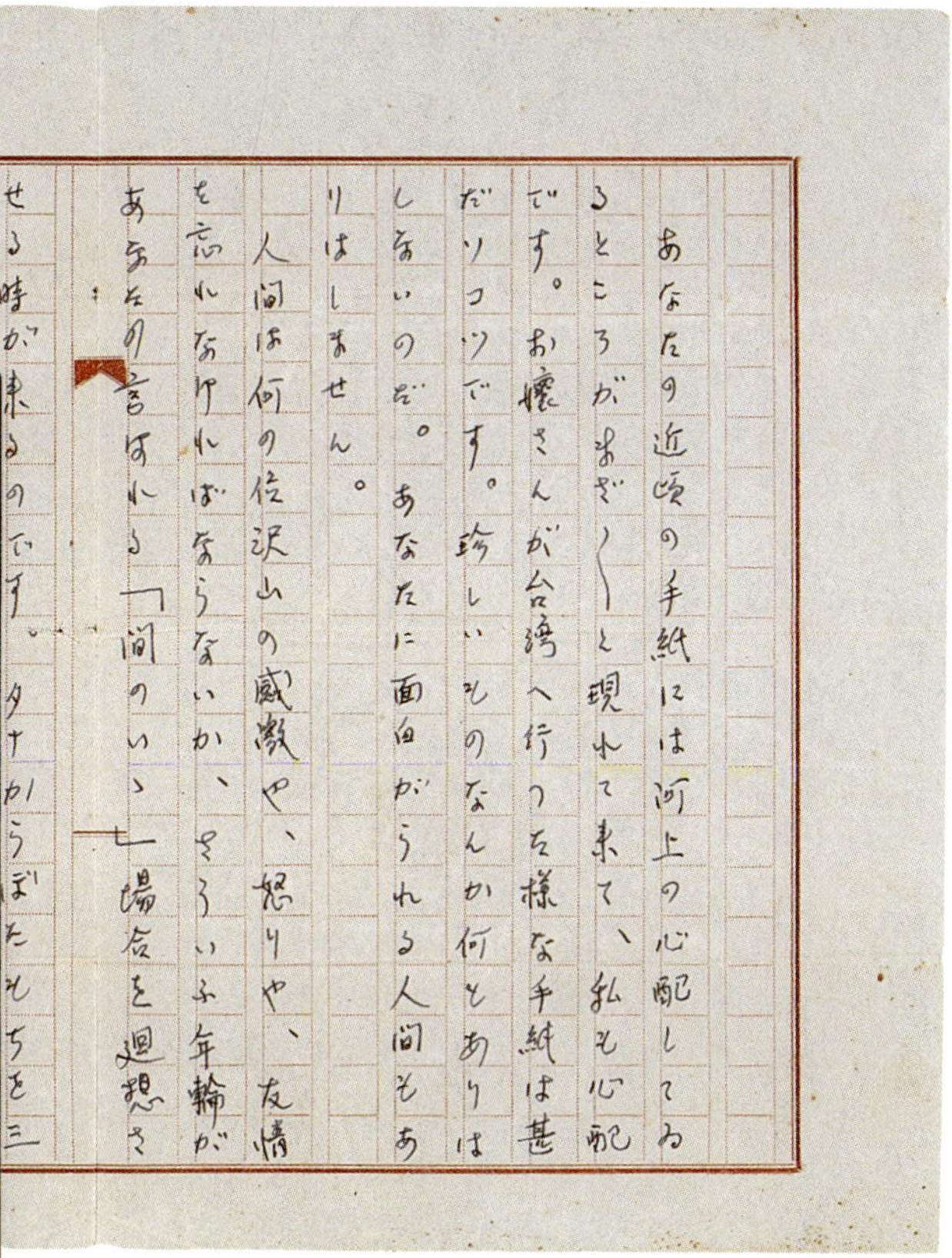
あなたの近頃の手紙には河上の心配してゐるところがまざ／＼と現れて来て、私も心配です。お嬢さんが台湾へ行つた様な手紙は甚だソコツです。珍しいものなんか何もありはしないのだ。あなたに面白がられる人間もありはしません。
人間は何の位沢山の感激や、怒りや、友情を忘れなければならないか、さういふ年輪があなたの言はれる「間のいゝ」場合を廻想させる時が来るのです。タナからぼたもちを三百六十五
年も経て
面白
の知つて
て、モツ
この
紙を見せ
年生だ。

青山二郎（美術評論家、装幀家　1901〜79）　正子の骨董の師匠であり、人生の先生　正子いわく「解説不可能な人間」　写真は1975年、自宅にて（撮影＝松藤庄平）「お嬢さんが台湾へ行つた様な手紙は甚だソコツです」などとある青山からの手紙（年不詳）

る。国際通信社、日米協会、国際文化会館、国際文化振興会等を設立した実業家で、決して「毒にも薬にもならぬ凡人」ではなかった。自分が起こした一つの事業が軌道に乗ると後人に道を譲り、次なる仕事を一から始めるという、実直で昔気質の国際人であった。その死に際して執筆した文章を白洲は次のように結んでいる。

〈父の死顔は美しかつた。静かであつた。それは、自ら恥ぢることのない生涯を終へた人間の幸福な姿であつた。かはいがられた末子の私は、かねがねおそれてゐたにも関はらず、意外にも、——まつたく自分でも意外な程、涙一滴こぼさずに済んだが、それも思へば当然のことである。彼は決して偉大ではなかつた。深味や幅のある人物でもなかつた。いや、八十九年の長い年月、最後まで幸福を保ち得た、まれに見る凡人であつたのだ〉（「凡人の智恵」）

彼女はこの文章の中で「平凡」とか「凡人」という言葉を何度も叩き、吟味しているようである。益田鈍翁などとも親しかった愛輔は、骨董などというものは魔道のものであると言い、玩物喪志の教えを説いていた。その「凡人」の「平凡」

吾妻徳穂（日本舞踊家　1909～98）
写真中央が吾妻　左は吾妻の夫の藤間万三哉（1915～57）　正子は吾妻の父である15世・市村羽左衛門と旧知だった

［右上］出口直日（大本教3代教主、陶芸家　1902～90）
〈直日さんの作品は、うぶな美しさにあふれており、久しぶりにほん物に出合う心地がした〉（『縁あって』）
［右下］勅使河原蒼風（華道家、草月流創始者　1900～79）
〈勅使河原さんは表芸のお花より、役者としてははるかに芸術家なのではないかしら〉（『私の芸術家訪問記』）

友枝喜久夫（1908～96）
友枝との出会いが正子の能への関心を再び呼び起こした

な人生は、しかし白洲正子にとって「白いきものを着てすらりと立っ」た人生として浮かび上がったのではないだろうか。銀座で酔い潰れ、大磯への病気見舞いを欠いた日もあったに違いない。だが、安易な「里心」を捨てることによって確たる親子関係が成立するということもあるのだと思う。葬儀で涙一滴こぼさなかったことは、彼女の父へのより深い愛情の表現であろう。

　白洲正子の年譜を見ると、この年から「能面を求めて各地を旅する」とある。結局『能面』の出版は昭和三十八年になり、十年の歳月を要することになるのだが、幼児の頃から能の稽古にいそしんで来たことの総決算とも言うべき、この能面を求める旅が、後年の白洲正子の『西国巡礼』や『かくれ里』『近江山河抄』『十一面観音巡礼』といった独自の道行き文を生み出すきっかけとなる。父の八十九歳の大往生は、正子の背を激励するが如く叩いた力であったように思われる。

　この年の暮、白洲正子は翌年一月号の「新潮」掲載のため「第三の性」を執筆した。「人は女に生れない。女になるのだ」と始まるシモーヌ・ド・ボーヴォワールの『第二の性』が出版されベストセラー

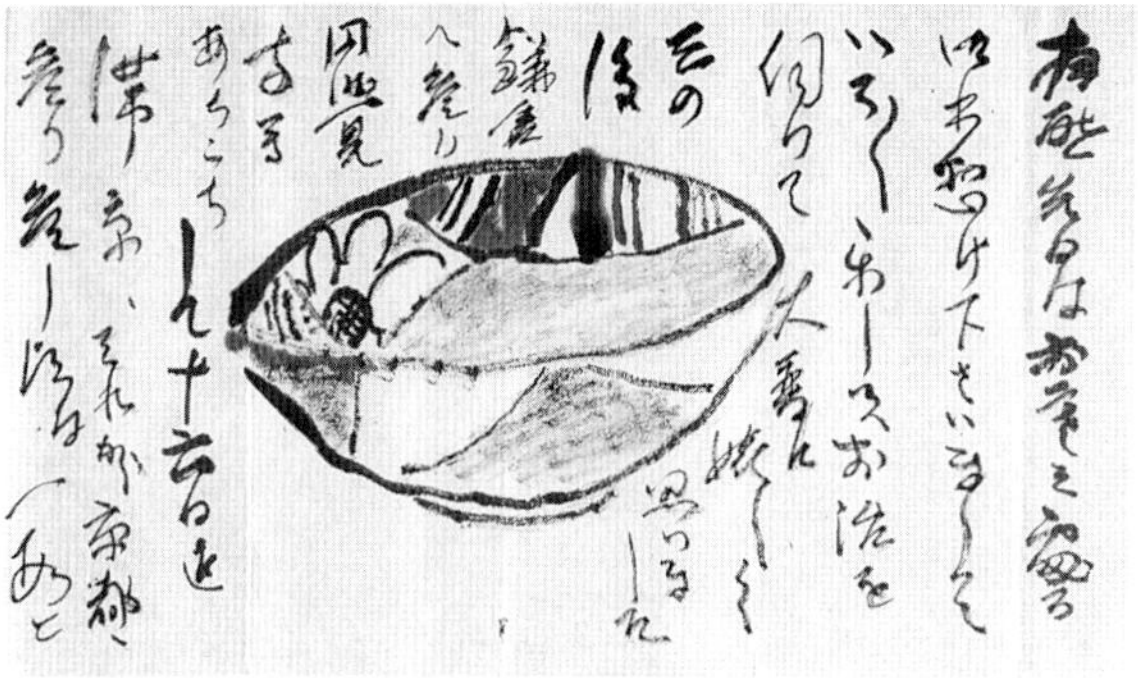

荒川からの絵入りの手紙
昭和51年2月2日消印

荒川豊蔵（陶芸家　1894〜1985）
写真左から2人目が荒川「気のおけない呑み友達」で、毎年のように花見に誘われたとか

となった。『第二の性』をめぐる評論なのだが、後に白洲はボーヴォワールの冒頭の言葉を「これが私にコチンと来た。『女になる』なら何故女でも男でもない『人間』になってはいけないのか、それが私のテーマであった」と語り、さらに「東洋には『悟り』というものがあって、男女を超越した時にそれは生れる。私は幼い時からお能を習い、お能の中で育っていたから、ふとそんな考えが浮んだのかも知れないが、どのみち当時の私には分にすぎた命題であった」と述懐している（『いまなぜ青山二郎なのか』）。この「命題」はまた後年の『両性具有の美』に結実するのであるが、ボーヴォワールへの日本文化からの異議申立てはなかなかに難解である。「第二の性」を書き上げた白洲正子は原稿を青山二郎に見せた。彼は目の前で原稿を読み、「こんな説明は不必要だ」と言っては切り、「形容詞が多すぎる」と言っては削り、果ては「これはあんたの一番いいたいこと」と言って消した。

〈ジィちゃんの説では、自分のいいたいことを我慢すれば、読者は我慢した分だけわかってくれる、自分自身で考えたように思う、読者にとって、これ以上のたのしみはないではないか、というのである。ぶたれる方がましだ、とその時も思ったが、未熟ななりに心血をそそいだ文章がずたずたになるのを見て、私はへどを吐いてしまった〉（『いまなぜ青山二郎なのか』）

青山はへどを吐く白洲を横目で眺めながら「蕎麦《そば》だってつなぎを入れずに打つのは難しいんだぞ、うどんこや卵を入れるのはごまかしだ」と言い放った。壮絶にして、凄絶な教育ではないか、などと私が書けば、たちまちにして削られるに違いない。この経験を通して「文章の根本をなすものは『不立文字《ふりゆうもじ》』にあること」を「第二の性」の筆者は学んだという。

昭和三十年（一九五五）、白洲正子は戦前から銀座にあり、戦争中とだえていた染織工芸の店「こうげい」の再開店に協力することになり、翌年には自らが直接に経営せざるを得ない立場に立たされる。「こうげい」の中心的な商品は呉服である。はじめは日本橋近辺の問屋から仕入れたが、どうも気に入らない。

〈戦前に母が作ってくれたようなきものはどこにあるのだろう。やがてそんなものは戦争によって消えてなくなってしまったことを私は知るハメになった。だが、技術は人知れずどこかに残っているにち

［上］正宗白鳥（小説家　1879〜1962）　出版社の喫茶室で宇野千代から紹介された

［右上］吉田茂（外交官、政治家　1878〜1967）　吉田の義父・牧野伸顕と父・愛輔が親しかった縁で、子供時代から「吉田のおじさん」と呼んでいた　吉田の長男の「健坊」こと健一とも昵懇だった

［右下］2世・梅若実（観世流シテ方　1878〜1959）　正子の能の先生（右から2人目）　左端は実の長男・六郎

がいない。それを掘りおこすことが私のつとめだ。次第にそんな風に信じるようになった〉（『白洲正子自伝』）

　くわしく論じている隙はないけれども、「こうげい」の仕事は白洲正子の文章にも大きな影響を与えたと思う。たとえば、白洲さんは、染織と一言で言うが、染めの仕事をしている人と織りの仕事をしている人とははっきりタイプが別れるのだ、前者は化学者的であり後者は物理学者的だ。もしかすると、染めの仕事は陶芸の仕事と共通するものがあり、織りの仕事は木工の仕事と共通する、仕事が作る人間のタイプというものは実に面白い、というような話を時にして下さることがあり、私は目が開かれるような思いをしたものである。白洲正子は柳悦博《よしひろ》という良き支援者を得て、次から次に地方のすばらしい作家と出会うことになる。遠方に住んでいる作家の許まで足を運び、その手仕事にまつわる話をじっくり聞き入ったことと想像される。職人の言葉は生きている。言葉と物との間に齟齬がない。青山二郎はコップを指先で叩き、「ほら、コップでもピンと音がするだろう。叩けば音が出るものが、文章なんだ。人間だって同じことだ。音がしないような奴を、俺は信用せん」（「何者でもない人生青山二郎」／『遊鬼』所収）と言ったが、いつも手で物をさわってテクスチュアを確めつつ仕事をすすめている人間の言葉は、まさに「叩けば音が出る」言葉である。白洲正子は物と言葉の勘所を、そうした人々とのつき合いの中で吸収したに違いない。関口信男、古澤万千子、田島隆夫

［中］浜田庄司（陶芸家　1894〜1978）　柳宗悦の民芸運動への関心から、行動を共にしていた浜田を取材　〈人に接する柔かさといい、のどかなモンペ姿といい、こんな幸福そうな人は、たまにしかいない〉（『私の芸術家訪問記』）

「私の芸術家訪問記」の記事への礼状

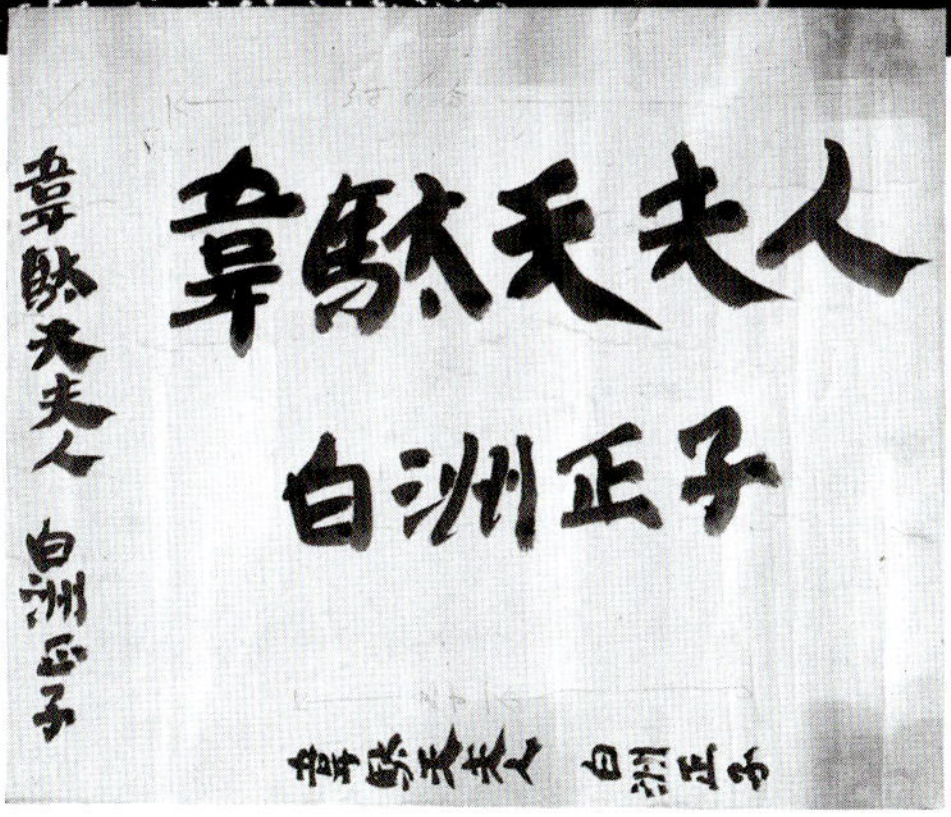

梅原龍三郎（画家　1888〜1986）と
1957年（47歳）頃　撮影＝川島勝　左下は
梅原に書いてもらった『韋駄天夫人』の題字

といった人々を白洲は心から尊敬していた。

　私事を挿めば、その晩年、私が山陰に今度旅をする予定だということを白洲さんにお話すると、「それなら境港に行って御覧なさいよ。弓ヶ浜っていい所よ。あの辺では茶《ちゃ》綿《わた》という茶色の綿が穫れてね、嶋田悦子さんという方がいて絣を織っているはずよ。しっかりした方よ」というような話がたちどころに出て来て、燦々と陽の射す弓ヶ浜で嶋田さんを訪ねてみると、己の仕事に誇りを持ちつつも謙虚に、しかも着実に仕事を続けている人で「白洲先生によろしく」という伝言を託され、白洲さんの目の届く範囲の広さに改めて驚かされるというようなこともしばしばだった。

「こうげい」には小林秀雄も青山二郎も河上徹太郎も頻繁にやって来て、一時は楽しいクラブのような様相を呈していた。店が閉まると御一行はバーで呑み、白洲は鶴川に終電で帰り、翌朝また銀座に通う。その間に原稿を執筆したり旅行をしたり、あるいは骨董を買ったりしていたのだから、胃潰瘍になるのは当然であった。その活躍はまさに「韋駄天お正」の面目躍如、その滅茶とも言える生活の中で、白洲正子は余分なものを振り切って、白洲正子になり果《おお》せて行ったのではなかろうか。

三　またや見ん

昭和六十年（一九八五）、七十五歳になった白洲正子は十一月に夫、白洲次郎を失う。「葬式無用　戒名不用」という遺言のみを残し、ブルルンとエンジンの音を轟かせて、あの世に駆けて行ったような死であった。晩年には二人そろって仲よく旅行をし、周囲の人間を驚かせた。それまでも別に仲が悪かったわけではないが行動はおのおの別個で、二人は独立していたのである。

白洲正子は家事にはとんと疎い人で、炊事や洗濯を若い頃は少しは試みたと言うこともあったが、疑わしい。鶴川の家の経営はほとんど白洲次郎が宰領していたとおぼしい。次郎が竹藪に入って竹を伐り、作業場で家具や日常の道具を作っている時間に、正子は奥の間の書斎で読書をしたり原稿を書いていた。夕方の早い時間帯には次郎はイギリスから送られて来るウイスキーを生ぬるの水で割って呑み始め、お手伝いさんの作った夕食を食堂で手早く腹におさめ、九時か十時にはベッドに入った。正子の所へは、友人や編集者や骨董屋などが訪れ、しばしば座敷の炉を囲んで夜更けを過ぎるまで酒盛りが開かれた。むろん夫妻共通の知人の来客の場合は別だが、おおむね二人はそれぞれの生活のリズムを持ち、互いにそれに干渉して乱すことはなかった。

しかし、それでも私などが招かれて炉のほとりに座り鴨鍋をごちそうになっている最中に、隣の居間で次郎さんがゴソゴソしてTVのスイッチをつけたり消したりする気配を察すると、何となく心がそわそわしたし、正子さんも「いいのよ、気にしないでね」と言いつつもその存在感の大きさは肌に伝わって来ているようであった。ましてや座敷の障子が突然に開かれ、次郎さんが「酔っぱらいにはつき合っていられません。僕は先に寝ます」と言って、ぴょこりと頭を下げられたりすると、半ば冗談とはわかっていても、どういう挨拶をしたものやら当惑してしまうのであった。そういう時、正子さんの顔を見ると、口をへの字に結び、例の、下から突き上げるような鋭い視線で次郎さんを睨みつけている。だが、その視線には誰が見てもそこに温もりを認めざるを得ないような、笑顔以上の感情があふれている。「一番いいたいこと」は言わない視線である。

白洲正子のその視線は、昭和六十一年（一九八六）二月号の「新潮45」に発表された「冥途へ行ってしまった『戦後史』」（「白洲次郎のこと」と改題され『遊鬼』所収）をも貫いている。たとえば、次郎の父の白洲文平のわがまま放題な人生を紹介した後に、正子は次のように記している。

〈そういう親父を次郎は嫌っていたが、その実、どこからどこまで親父にそっくりだったのである。ただちょっと違うのは、私たちが文平の家族ほど従順でなかったこと、若い時から生活に苦労したこと、それに時代もそんなわがままが許せるような御時世ではなかったことが、次郎を暴君になることから救ったのだと思う〉（「白洲次郎のこと」）

周知のように、占領期間中、白洲次郎はGHQ部内で「従順ならざる唯一の日本人」と言われた男である。その次郎にさらに「従順でなかった」自分を認め、そのことが彼を「暴君になることから救った」と記す時、白洲正子の視点は一体

愛犬「奈々丸」と　1991年（81歳）
奈々丸は、2005年9月7日、18歳で没
（なお、7月7日に白洲家にあらわれたことから、最初は「七々丸」と命名されたともいう）

どこにあるのだろうか。渦中の自分を突き放して自在に俯瞰できるもう一人の自分の視点が、ここにあるように思われる。夫、次郎を失った白洲正子は『西行』『老木の花　友枝喜久夫の能』『遊鬼』『いまなぜ青山二郎なのか』『夕顔』『白洲正子自伝』『名人は危うきに遊ぶ』『両性具有の美』等々と次々に著書を発表し、世間の注目を集め、老いてますます歯切れのよくなる文章は多くのファンを作った。自分すらも俯瞰できる自在な視点の移動こそが、歯切れのよい文章を生み出す力になっているように思われる。

青山二郎がなくなり（昭和五十四年）、小林秀雄がなくなり（昭和五十八年）、白洲次郎がなくなり、自身七十代の半ばを越えると、死は彼女に親しげに寄り添ったに違いない。晩年の白洲正子は「夜眠ると、このまま死ぬかなって思うんだけれど、それが朝また明るい光が目に入って来て、また生きちゃった、アーアという感じだね」などと言って囲りの人々を笑わせたが、一方では「行ける所までは行くんだ」と言って、多少微熱があっても旅の予定を変更することはなかった。どろ亀先生こと高橋延清を富良野の演習林に訪ねたり、前登志夫を吉野に訪ねたり、友枝喜久夫を誘って諏訪の温泉へ出かけたり、あるいは薩摩半島へ開聞岳を眺めに行ったりと、白洲正子についたそぞろ神は活発この上なかった。

またや見ん交野のみのの桜がり
花の雪散る春のあけぼの

これは老年を迎えた藤原俊成の歌であるが、「またや見ん」という状況、もしくはその覚悟が嘱目の景物にどれほどの生彩を与えたことであろうか。白洲正子は私達に老年であるからこそ味わえる「新鮮」という問題を身をもって示してくれたような気がする。

胸をときめかせる骨董を常に求めていたように、白洲正子は自分が夢中になれる人間を常に求めていた。求めるというよりも関係を作ると言った方が正確かもしれない。そういう意味でも友枝喜久夫との出会いは幸福な出会いであった。昭和六十二年に七十七歳の白洲は七十九歳の友枝の能「江口」を見て感動する。長い年月、能の鑑賞から遠ざかっていた彼女を能舞台まで足を運ばせたのは、彼女の古くからの友人、写真家の吉越立雄の強い推薦である。以後彼女は友枝喜久夫が亡くなるまでその舞台をすべて見るこ

とになる。喜多の能楽堂で「弱法師」を見て、さらに自らをオッカケと称して熊本で演じられた「弱法師」にまで出かけた。

　友枝喜久夫は晩年視力を失い、年を追うごとに世界が鎖された。心臓もおとろえていたようだ。しかし激しい稽古で鍛えたその肉体は頑健かつしなやかで「羽衣」においては艶を見せ、「景清」では老武者の気概を見せた。「鉢木」の橋掛りでは、馬のひづめの響きすら見る者に感じさせた。白洲正子は友枝の能が始まると、座席の背凭れから背を外し、両腿《もも》の上に置いて前のめりの恰好で、若干息を荒くして舞台に喰い入った。能が終ると「今日は私、呑むわよ」と御機嫌だった。

　白洲正子は友枝喜久夫の目の不自由が、彼の芸の円熟に働いたことの重要さをしきりに語った。「だから恵まれているということは、恵まれていないってことなのよ」とも言った。大勢の仲間と共に友枝喜久夫と酒を呑む機会があると、彼の横に座り、しっかりとその手を握り、「先生のこの間の『翁』のお謡い、すごい迫力でしたよ」というふうに語りかけ、友枝が白洲に自分が昔舞った「道成寺」を見て貰いたかったと述べると、「いいえ、今の先生の方がいいに決まってますよ、今がいいの！」と強く言うのであった。

　家族は友枝喜久夫の身体を慮って、そろそろ引退すべきではないかと進言したようである。それを耳にした白洲は憤慨した。手がふるえるとか、舞いの空間が小さくなるなどということは瑣末なことで、友枝喜久夫の芸は少しもおとろえていない。友枝さんが舞台に立ちたい以上、誰がそれを止められようか。心臓マヒを起こして舞台で死んだらそんな仕合わせ

後年、正子を感動させ、再び能舞台まで足を運ばせることとなる友枝喜久夫の能「江口」
昭和55年5月25日の舞台　撮影＝吉越立雄

なことはない。そういう言葉を激しく語り、同様の趣旨を友枝家の人々にも語り、さらに同様の趣旨の文章を新聞にまで発表した。

やがて入院した友枝喜久夫を病院に見舞いに出かけた白洲正子は、枕許のラジカセから謡のカセットテープを流し、右手にしっかと扇を握り左手に足袋を持ってベッドでうつらうつらと横たわっている名人を見つけ「あら、先生舞ってらっしゃるのね」と声を掛けた。ベッドの上の名人は、目を瞑ったまま、口許に笑みを浮かべた。

晩年の白洲正子の文章には何か、思い切ったるユーモアがある。

〈新年おめでとうございます。

ナンチャッテ、さもおめでたいようであるが、実はまだ十一月の半ばで、お正月が来るまでにはひと月半も待たねばならない。新年号に書くためには、多少の嘘をつくことになるのだが、待ってる間にほんとにおめでたくなっちゃったら、どうするのだろうとよけいな心配をしてしまう〉（「観ること・聴くこと」／『夕顔』所収）

読者にサービスして笑わせておいて、実はぎくりとした内容をつきつけるような体の文章が散見される。晴れの文章と褻《け》の文章との境をまぎらかしたような文章が独特の味をもって読む者を楽しませる。その生活そのものが境をまぎらかすふうに変化した模様だ。

鶴川の家の奥の間の書斎には入らず、食堂の大きなテーブルに原稿用紙や本をひろげ、資料のコピーが入った茶封筒なども片隅に積み上げ、そこで食事も済ましていた。時々は誰かがテーブルの上を片付けるのだが、すぐに適度な乱雑が再現された。しかし、身だしなみが乱れることは絶えてなかったし、居間の掛け軸を時々にとり換え、壺や掛け花活けに小まめに季節の花を挿すことは他人に任せなかった。また、白洲正子は生活の上では太陽暦に従っていたけれども、その体内には太陰暦が流れているのではないかと思われるほどに月にうるさかった。「月は出た?　ちょっと見てよ」とか「今日は十三夜よ」とか、あまり風流とは縁のなさそうな人間にまで月の話題をもちかけた。

雪月花の中で、志賀直哉は雪が一番好きだと言い、小林秀雄は桜の花に最も執着したが、白洲正子は月の人だったと言えるだろう。白洲正子が庭先に咲いた夕顔を眺め、薄暮の空の月をじっと見上げる時、一体月に何を見ているのだろうかと思うことがしばしばであった。

大勢の酒盛りがたけなわとなった頃、それまで上機嫌で喋っていた白洲正子がお喋りは誰かに任せ、ふと口を噤み、やや俯き加減で沈黙を守ることがある。決して不機嫌になったわけではなさそうだ。まるで心の中の山の端に浮かんだ月を見つめているような様子である。思い過ごしかもしれないが、いつの頃からか私は、その沈黙の時間は死者との対話の時間だと思うようになった。

白洲正子は、例外的にごく僅かな人を除いて、その生涯で親しくつき合った大半の人々をあの世に見送った人である。その意味で、一つの時代を画す最後の人である。心の中は死者の思い出で充満していたであろう。

一九九八年の十二月二十六日早朝、白洲正子が他界して以来、私には夜空の月が、それまで経験しなかったことなのだが、美しいものとして見えるようになった。

年譜

1910〜2001年
〈グラフ〉正子と次郎　愛の56年

［上／右］2人が知り合う1928年、互いに贈ったポートレイト　正子「愛をこめて」、次郎「君こそ究極の理想だ」

◆**1910年（明治43年）**

1月7日、父・樺山愛輔、母・常子の次女として、東京市麹町区永田町1丁目17番地に誕生。16歳年上の姉（泰子）と9歳上の兄（丑二）がいた。父・愛輔は貴族院議員や枢密顧問官を務め、実業界でも活躍。さらに日米協会、国際文化会館の設立など文化事業にも尽力した。

◆**1913年（大正2年）　3歳**

4月、学習院女子部幼稚園に入園。人見知りする無口な性格だったという。

◆**1916年（大正5年）　6歳**

4月、学習院女子部初等科入学。この年、梅若流（現在の観世流梅若派）の2代目梅若実に入門し、能を習い始める。学習院初等科時代には、毎年夏の大半を御殿場にあった別荘「瑞雲楼」で過ごし、富士の自然と親しむ。この頃より無口で気難しい性格を思い直し、つとめて他人と接するようになる。

◆**1921年（大正10年）　11歳**

本格的に能に専念。毎日のように稽古場へ通う一方、自宅でも週1回、梅若実の息子・六郎（当時15歳）に習う。

◆**1922年（大正11年）　12歳**

祖父・樺山資紀没（2月8日、84歳）。資紀（1837〜1922）は鹿児島出身の軍人で政治家。海軍大臣、台湾総督、枢密顧問官など歴任。母方の祖父・川村純義（1836〜1904）も同じ鹿児島出身の海軍大将で「韋駄天」と呼ばれ、引退したのちに皇孫（昭和天皇と秩父宮）の養育掛りを務めた。

◆**1924年（大正13年）　14歳**

3月、学習院女子部初等科（中期）を修了。「土蜘」を舞い、9月、渡米。ニュージャージー州のハートリッジ・スクールに入学、女子全寮制の学校で厳しい教育を受ける。この頃、『平家物語』『枕草子』など古典文学に親しむ。

◆**1927年（昭和2年）　17歳**

4月、金融恐慌の煽りを受けて、父の関係していた十五銀行が倒産。永田町の屋敷を三菱銀行の会長・串田萬蔵に売却。大磯の別邸に移る。そうした家庭の事情から米国での大学進学をあきらめる。

◆**1928年（昭和3年）　18歳**

ハートリッジ・スクールを卒業し、帰国（春）。再び能の稽古を始める。女人禁制の能の舞台に、史上はじめて女性として立つ。この年、白洲次郎（26歳）と知り合う。次郎は1902年2月17日、兵庫県生れ。白洲家は代々儒者役として三田藩に仕えてきた家柄で、父・文平は綿貿易で巨万の富を得た。次郎は17歳でケンブリッジ大学に留学、1928年まで英国生活を過ごす。次郎は留学時代に培った人脈を生かし、日本と海外を頻繁に往復。やがて吉田茂と親交を深めて近衛文麿の

【右】婚約時代、大磯にて　1929年夏
【左】1929年11月、結婚　正子19歳、次郎27歳

愛車ランチアに乗ってハネムーンへ　このイタリア車は結婚祝いに次郎の父から贈られた

ブレーンとなり、日本の外交に重要な役割を果たした。終戦連絡中央事務局参与、貿易庁長官、サンフランシスコ講和会議全権団顧問などを務める。また東北電力会長など政財界両面で活躍した。

◆**1929年（昭和4年）　19歳**
11月、白洲次郎と結婚。新婚旅行から戻った翌12月3日、膵臓を患っていた母・常子が死去。父・愛輔はロンドン軍縮会議のため渡欧中だった。〈一番気の毒だったのは父であった。（略）父は出発するに当って、家族のものにこのように言い渡した。もし、母が旅行中に亡くなったら、「コトオワッタ」とだけ電報を打つこと〉（『白洲正子自伝』以下、『自伝』）。

◆**1931年（昭和6年）　21歳**
2月5日、赤坂氷川町の家にて長男・春正誕生。産褥熱で生死をさまよう。この頃から数年間、夫の次郎の仕事の関係で、毎年ヨーロッパに出かける。

◆**1935年（昭和10年）　25歳**
夏、軽井沢の別荘の隣に住んでいた河上徹太郎を知る。のちに河上の紹介で小林秀雄、青山二郎、今日出海ら文士たちと交流を持つことになる。この頃、小林秀雄の『アシルと亀の子』を読む。

◆**1936年（昭和11年）　26歳**
2月、パリ滞在中に2・26事件。その後、ドイツ滞在中に子宮外妊娠で卵管破裂、続いて腸捻転を起こし、入院。

◆**1938年（昭和13年）　28歳**
1月3日、次男・兼正誕生。〈二度とふたゝび子はうまぬと思ったほど苦しかった。初めの子より二倍も三倍もいたかったしねむかった〉（ノート「楽久我記」）。

◆**1940年（昭和15年）　30歳**
2月、母・常子の遺稿歌集『樺山常子集』に「母の憶い出」を書く。6月、小石川水道町の家にて長女・桂子誕生。

◆**1941年（昭和16年）　31歳**
12月8日〈日米戦争はじまりはじまり。トモ（牛場友彦）朝食にきてガゼンハリキル。私もいらうつさがふっとんで元気になり、午後朝吹さんでテニスをする。三ちゃん（朝吹三吉）私の推古天平の仏の歌ボードレールの詩ににてるといふ。世間はしづか。私はトタンに軍国主義となる〉（日記「FIVE YEAR DIARY 1941 to 1945」以下、日記）。

◆**1942年（昭和17年）　32歳**
10月、鶴川村能ヶ谷（現・町田市能ヶ谷町1284）に、茅葺き屋根の農家を買う。12月20日〈10時頃から鶴川にゆく。次郎と春正同行。買った家はじめてみる。大いに満足してうれしい〉（日記）。この年、『お能』の原稿に本格的に着手。またこの頃から細川護立に古美術について教わり、骨董屋を歩くようになる。

［上］社交に明け暮れていた20代後半頃のポートレイト
［右］和服姿で　25歳　1935年

新婚当時の正子と次郎
1929年

◆1943年（昭和18年）　33歳
2月8日『お能』脱稿。〈原稿せいりし一まとめにまとめる。やうやう出来て満足した〉（日記）。5月、鶴川村へ転居。5月11日〈つる川へいよいよ引越し。トラック来る。のりきらずに大さわぎ。午後子供を先にやりあとより私達ゆく。家はまったくすばらしい。荷物かたづけるに大ふんとう〉（日記）。10月、梅若実の家より先祖伝来の能面などを鶴川の白洲家に疎開させる。このことが後に『能面』（1963年）を執筆する起因となる。11月、昭和刊行会より『お能』刊行。この年、能の稽古を基本からやり直す。

◆1945年（昭和20年）　35歳
5月23日の東京空襲の翌日、焼け出された河上徹太郎夫妻が白洲家に疎開してくる。以後2年間滞在。8月15日、終戦。〈12時、天皇陛下自ら勅語よませらる。感慨無量。かくして戦争はおはり、阿南大臣自刃す。東條はいづこ。艦サイ機B29空襲あるも、正午までにきれいにひきあげた。静〉（日記）。この頃、未発表原稿「清少納言」執筆。

◆1946年（昭和21年）　36歳
小林秀雄（44歳）、青山二郎（45歳）と出会う。青山の影響で骨董の世界に没入。

◆1948年（昭和23年）　38歳
4月、雄鶏社より『たしなみについて』を刊行。

◆1950年（昭和25年）　40歳
「芸術新潮」創刊のこの年、12月号で誌面に初登場。細川護立、河上徹太郎との座談会「細川護立芸術放談」。

◆1951年（昭和26年）　41歳
4月、能楽書林より『梅若実聞書』刊行。装幀は芹沢銈介が手がける。

◆1953年（昭和28年）　43歳
父・愛輔没（10月、88歳）。この頃から能面を求め各地を旅する。この旅が後年の紀行文を生み出すきっかけとなる。12月、脱稿直前の「第三の性」の原稿を青山二郎に半分以上削られ、しばらく原稿が書けなくなるほどの打撃を受ける。

◆1954年（昭和29年）　44歳
「新潮」1月号に「第三の性」を発表。

◆1955年（昭和30年）　45歳
4月、『私の芸術家訪問記』を緑地社より刊行。この年、銀座の染織工芸店「こうげい」の開店に協力する。

◆1956年（昭和31年）　46歳
「こうげい」の直接経営者となる。以後、経営にたずさわった約15年間、柳悦博、古澤万千子、田島隆夫ら多くの工芸作家を見つけ、世に送りだす。

◆1957年（昭和32年）　47歳
4月、東京創元社より『お能の見かた』

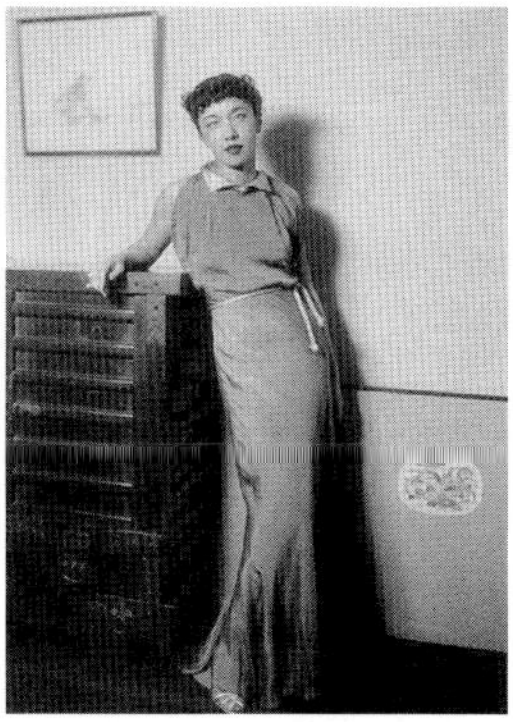

[上]軽井沢の貸別荘で　25歳頃
[右]20代後半頃

ヨーロッパで　同じ場所で互いに
スナップしあう　1936年頃

を刊行。11月、ダヴィッド社より『韋駄天夫人』を刊行。

◆1960年（昭和35年）　50歳
この頃、能の免許皆伝を授かるが、女には出来ないと悟る。名人のいなくなった現代の能に幻滅し、能から遠ざかる。

◆1962年（昭和37年）　52歳
3月、『きもの美――選ぶ眼・着る心』を徳間書店より刊行。

◆1963年（昭和38年）　53歳
3月、講談社より『心に残る人々』を刊行。8月、求龍堂より『能面』豪華本を刊行。題字は梅原龍三郎。

◆1964年（昭和39年）　54歳
2月『花と幽玄の世界――世阿弥』（宝文館出版）刊行。5月、淡交新社より『日本のやきもの7　信楽・伊賀』（八木一夫と共著）刊行。6月、『能面』改訂縮刷版（求龍堂）刊行、同書により第15回読売文学賞（研究・翻訳部門）を受賞。東京オリンピック開催中の10月、西国三十三カ所観音巡礼の旅に出る。

◆1965年（昭和40年）　55歳
3月、淡交新社より『巡礼の旅――西国三十三ヵ所』を刊行（74年、駸々堂出版より『西国巡礼』と改題し再刊）。〈生れつき持っていたものを、西国巡礼をすることにより、開眼したといえようか。或いは自分自身に目ざめたといい直してもよい。それから後、私はよそ見をしないようになった。相変らず信仰は持っていないのだが、自分が行くべき道ははっきりと見えて来た〉（『自伝』）。この年、次男・兼正、小林秀雄の長女・明子と結婚。

◆1967年（昭和42年）　57歳
11月、講談社より『栂尾高山寺　明恵上人』刊行（74年、新潮選書で『明恵上人』と改題し再刊。99年、愛蔵版刊行）。〈明恵という一つの精神は、数は少なくともそれを伝えた人々によって、私達日本人の中に、「今日ヲ明日ニツグ」が如く生きつづけるでしょう。私はそう信じております〉（『明恵上人』）。

◆1969年（昭和44年）　59歳
「芸術新潮」1月号より「かくれ里」を2年にわたり連載（24回）。取材のため毎月、京都を拠点にして近畿地方の村里を訪ね歩く。

◆1970年（昭和45年）　60歳
12月、『古典の細道』を新潮選書で刊行。この年、銀座の「こうげい」を知人に譲り、執筆活動に専念する。

◆1971年（昭和46年）　61歳
73年完成の映画「世阿弥」（鹿島映画株式会社製作）のシナリオを執筆。12月、新潮社より『かくれ里』刊行。

次郎から贈られたゴルフジャケット
1940年2月2日付、ロンドン滞在中の次郎から日本で待つ正子宛に書かれた英文の手紙[上]「帰国の際に、パリに立ち寄ることができれば、君のお望みのものを求めるつもりだ　ニット袖の革製ゴルフジャケットはもう買ったよ」と、正子を想う文章が綴られている　彼女はこの時にプレゼントされたジャケット[左]を戦後になってからも愛用していた　中央の写真は1960年頃、当のジャケットを着てくつろぐ正子

[上]自邸縁側で　50代
[下]国際文化会館の庭で　50代

鶴川村(現・町田市能ケ谷)の自邸の庭でくつろぐ2人　1950年(40歳)頃

◆**1972年（昭和47年）　62歳**
「芸術新潮」8月号から「近江山河抄」を連載（10回）。『かくれ里』により、第24回読売文学賞（随筆・紀行部門）を受賞。

◆**1973年（昭和48年）　63歳**
10月、『ものを創る』（読売新聞社）刊行。11月と12月、『謡曲平家物語紀行　上・下』を平凡社より刊行（82年、同社より増補改訂『旅宿の花　謡曲平家物語』と改題し再刊）。

◆**1974年（昭和49年）　64歳**
「十一面観音巡礼」を「芸術新潮」1月号より連載（16回）。2月、『近江山河抄』を駸々堂出版から刊行。

◆**1975年（昭和50年）　65歳**
4月に『骨董夜話』（共著）、12月に円地文子との対談をまとめた『古典夜話』を平凡社より刊行。12月、新潮社より『十一面観音巡礼』刊行。〈もろもろの十一面観音が放つ、目くるめくような多彩な光は、一つの白光に還元し、私の肉体を貫く。そして、私は思う。見れば目がつぶれると信じた昔の人々の方が、はるかに観音の身近に参じていたのだと〉（『十一面観音巡礼』あとがき）。

◆**1976年（昭和51年）　66歳**
春、加藤唐九郎を訪ねる。10月、その時の対談をまとめた『やきもの談義』を駸々堂出版より刊行。12月、『私の百人一首』を新潮選書で刊行。

◆**1978年（昭和53年）　68歳**
2月、駸々堂出版より『世阿弥を歩く』（共著）刊行。10月、『魂の呼び声――能物語』を平凡社より刊行（84年、同社より『白洲正子が語る　能の物語』と改題し再刊）。この本により児童福祉文化賞奨励賞を受賞。

◆**1979年（昭和54年）　69歳**
現代の匠たちを紹介した「日本のたくみ」を「芸術新潮」1月号より連載（19回）。3月、骨董と人生の師だった青山二郎死去（77歳）。11月、新潮社より『道』刊行。12月、文化出版局より『鶴川日記』刊行。

◆**1980年（昭和55年）　70歳**
12月、神無書房より『花』を刊行。

◆**1981年（昭和56年）　71歳**
5月、新潮社より『日本のたくみ』を刊行。

◆**1982年（昭和57年）　72歳**
2月、法蔵館より『私の古寺巡礼』を刊行。8月、青土社より『縁あって』を刊行（99年、新装版刊行）。

◆**1983年（昭和58年）　73歳**
3月1日、白洲正子に最も影響を与えたひとりであった小林秀雄死去（80歳）。「新潮」4月臨時増刊号に「美を見る眼」を発表、〈三月一日の夜半すぎ、電話を貰っ

信州旅行を楽しむ白洲夫妻　１９８４年頃

て私は雨戸をあけた。空には十六夜の月がかがやき、梅の香りがただよっていた。私たちが病院へ馳けつけた時、小林さんは既に亡く、二、三の家族だけが静かに最期をみとっていた。その死顔は穏やかで、やっと俺も休むことができると、呟いているようであった。私は、「涅槃」ということの意味をはじめて知った心地がして、思わず手を合せた〉。

◆１９８４年（昭和59年）　74歳
9月、青土社より『白洲正子著作集』全7巻の刊行はじまる（85年、完結）。

◆１９８５年（昭和60年）　75歳
1月、『草づくし』を新潮社より刊行。9月、『花にもの思う春』を平凡社より刊行。秋、次郎とともに京都に旅行。帰宅して数日後の11月28日、次郎死去（83歳）。「葬式無用　戒名不用」の遺言により、遺族だけが集って酒盛りをする。

◆１９８６年（昭和61年）　76歳
「西行」を「芸術新潮」4月号より連載（20回）。〈総じて辻褄が合うような人間はろくなものではなく、まとまりのつかぬところに西行の真価がある〉（『西行』後記）。

◆１９８７年（昭和62年）　77歳
9月、『木――なまえ・かたち・たくみ』を住まいの図書館出版局より刊行。10月、洲之内徹没（74歳）。この年、初めて友枝喜久夫（96年に87歳で没）の能「江口」を見て、その名人芸に強烈な感動を覚える。

◆１９８８年（昭和63年）　78歳
10月、新潮社より『西行』を刊行。

◆１９８９年（昭和64、平成元年）　79歳
11月、求龍堂より『老木の花　友枝喜久夫の能』、新潮社より『遊鬼　わが師　わが友』を刊行。秋、渋谷の西武百貨店に染織さろん「こうげい」を開く。

◆１９９０年（平成2年）　80歳
「新潮」2月号より「いまなぜ青山二郎なのか」を連載（14回）。

◆１９９１年（平成3年）　81歳
「芸術新潮」1月号より「白洲正子自伝」を約3年半にわたり連載（31回）。1月、日本文化の継承・発展に尽くした功績により第7回東京都文化賞を受賞。7月、新潮社より『いまなぜ青山二郎なのか』刊行。9月、『雪月花』を神無書房より刊行。11月、愛犬の奈々丸の鎖が足首にからまり転倒、左腕を骨折。3カ月入院。

◆１９９３年（平成5年）　83歳
5月、神無書房より『対話――日本の文化について』刊行。9月、新潮社より『随筆集夕顔』刊行。11月、求龍堂刊の写真集『姿井上八千代／友枝喜久夫』（共著）監修。

◆１９９４年（平成6年）　84歳
「新潮」1月号より「両性具有の美」を連載

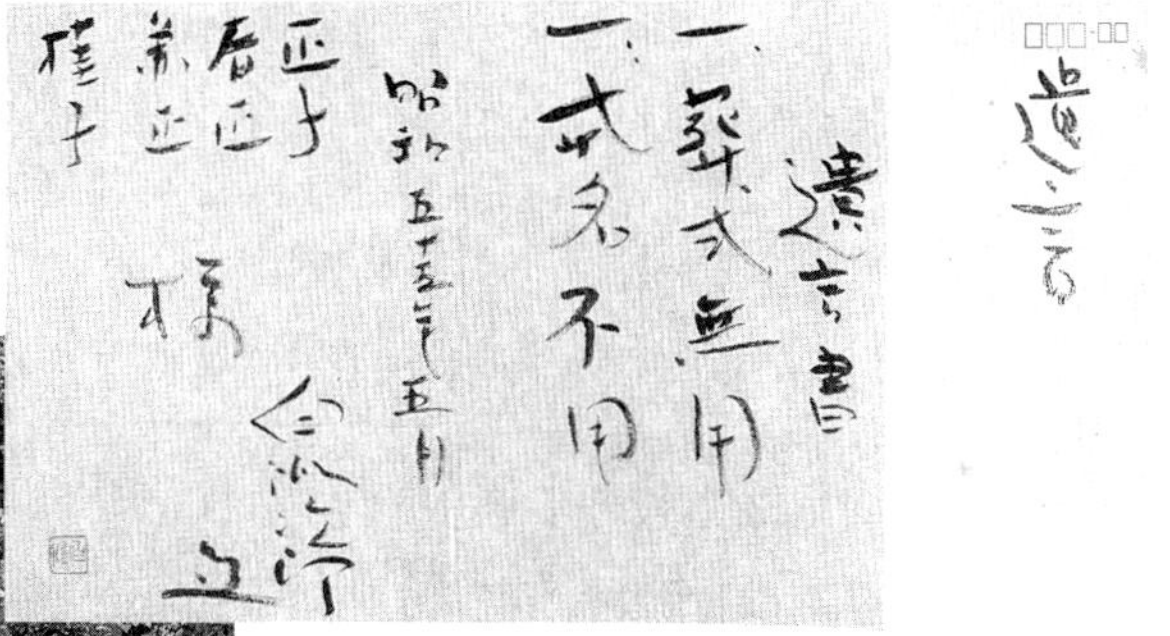

次郎の遺言「葬式無用　戒名不用」

夫婦並んで眠る　兵庫県三田市の心月院にある白洲家の墓　向かって右が次郎、左が正子の墓碑　次郎が亡くなった際に建てたもので、五輪塔の形をした板碑は正子自身が下絵を描いた
撮影＝野中昭夫

（16回）。10月、荻生書房より『名人は危うきに遊ぶ』刊行（95年11月、新潮社より普及改訂版）。11月、過去に発表の短文を新編集したシリーズ第1弾『風姿抄』を世界文化社より刊行（95年『日月抄』、96年『雨滴抄』『風花抄』、97年『夢幻抄』、98年『花日記』『独楽抄』、99年『器つれづれ』『行雲抄』）。12月、新潮社より『白洲正子自伝』刊行。

◆**1995年（平成7年）　85歳**
3月、「こうげい」を閉店。5月、求龍堂より『白洲正子　私の骨董』刊行。

◆**1996年（平成8年）　86歳**
1月、求龍堂より『白洲正子を読む』（共著）刊行。

◆**1997年（平成9年）　87歳**
3月、新潮社より『両性具有の美』刊行。4月、平凡社コロナ・ブックス『白洲正子の世界』刊行。10月、新潮社より『おとこ友達との会話』刊行。

◆**1998年（平成10年）　88歳**
6月、多田富雄『ビルマの鳥の木』（新潮文庫版）に解説「多田先生のこと」を発表、最後の執筆となる。9月、角川春樹事務所より『美しくなるにつれて若くなる』（『たしなみについて』『鶴川日記』の抜粋版）刊行。12月26日、肺炎のため入院先の日比谷病院にて死去。

◆**1999年（平成11年）**
2月、「ユリイカ」臨時増刊号「総特集白洲正子」刊行。12月、「芸術新潮」特集『白洲正子』全一冊」刊行。

◆**2000年（平成12年）**
2月、「文藝」別冊「［総特集］白洲正子」刊行。3月、単行本未収録エッセイ、未発表原稿、草稿などを収録したシリーズ第1弾『ほとけさま』をワイアンドエフより刊行（同年5月『舞終えて』、同年9月『ひたごころ』）。4月、「別冊太陽」2000年春号「白洲正子の旅」刊行。9月1日よりMIHO MUSEUMで秋季特別展「白洲正子の世界　二十一世紀への橋掛かり」開催（〜12月15日）、同題の「別冊太陽」刊行。10月、田島隆夫との共著『白洲正子への手紙　二人が遺した文筐から』を文化出版局より刊行。

◆**2001年（平成13年）**
5月、『白洲正子全集』（全14巻／別巻1）を新潮社より刊行開始。10月、旧白洲邸「武相荘」を記念館として開館。『白洲正子〝ほんもの〟の生活』を新潮社より刊行。

［年譜作成にあたり『白洲正子自伝』、講談社文芸文庫版『西国巡礼』所収の「年譜―白洲正子」（森孝一編）、求龍堂『白洲正子を読む』所収の「白洲正子・引用・年譜」（藤井邦彦編）、および白洲家に残された日記「FIVE YEAR DIARY 1941 to 1945」を参考にしました。］

附◎秘められていたこと

イーゼルに向かう正子　1935年頃か

不器用なほどに真面目な油彩

赤瀬川原平

白洲正子さんが亡くなられて一年、は、まだたっていないが、間もなくそうなる。あのお家はどうなっているのだろうかと、ときどき思う。何度かうかがったことがあるが、ゆったりとした茅葺きの田舎家で、戦中から住まわれていたそうである。小田急線の鶴川の駅から近いのだけど、坂道を登って行くと一気に山に分け入るようになり、その山だけ一気に田舎になってしまう。

白洲さんのエッセイで、夫の次郎さんが亡くなられる四、五日前に、いきなり孔雀が舞い込んでくる場面がある。しばらくの間庭先で暮したあと、次郎さんの没後百カ日のころ、またふと去っていく。そういう神話のような出来事が、まるで不思議でないような、田舎の一角である。

山門があって、山門というと、

「そんなものじゃないわよ」

とあの世からいわれそうだが、それをくぐる手前の小屋の中に道具類がいろいろとある。次郎さんがご存命のころ、いろいろ土仕事や工作がお好きだったようで、ぼくはお会いしたことがないが、その気質がしのばれる。

ぼくも工作は好きな方で、刃物で木を削るのはじつに楽しい。感触が気持いい。しかし白洲ご夫妻がこの地に来られたのは戦中のことで、いよいよ日本のハルマゲドンが近い、いずれ自力で生きるしかなくなる、という覚悟の上のことのようで、あの時代にその実感をもって生活を計画するところに、じつに頼もしさを感じる。西洋を知っているお二人ならではのことだろう。自分の生活は自分で作る。

白洲正子さんが亡くなったのは暮れのことで、それも世の中が正月休みに突入する、ちょうどそんな日のことだった。ぼくはたしか新聞の死亡欄でそれを知って、「え!?」と思い、新聞は嘘を書かないだろうが、しかし事情を知りたくて新潮社など電話するが、会社はもうお休み。連絡不能。呼出し音だけがいつまでも鳴っている。

宇宙船でもこういうことがあるもので、スペースシャトルなど大気圏再突入のとき、何分間だったか音信不通の空白時間帯ができる。あるいは月の裏側に回り込んだときなど、もっと長い音信不通期間ができてしまう。いったいどうしたんだろうとただ考えるだけで一日二日とたっていき、お正月が過ぎ、三が日のプラスアルファも過ぎて、やっと世の中が仕事はじめで連絡のとれる時間帯に出てきたときには、白洲正子さんの死はもうあれこれ気を使ってもしょうがないような、既定の事実となっていた。

このタイミングに、ぼくはさすがだなあ、と思った。言葉には出さないけれど、お葬式なんていいのよと無言のうちにいいながら、さあっと行ってしまった、いうまでもないというような恰好よさを感じたのである。

しかしそうやって、あまりにもあっさりと既定の事実だけがあるものだから、よけいに、あのお家はどうなっているのだろうと気になる。茅葺きの田舎家の存在感だけが、よけいに強く思い出される。

新潮社の人から電話があって、亡くなった白洲さんの遺品の中から絵が数点出てきたという。白洲正子さんが描いた絵だということで、うーん、やっぱり、と思った。あのお家はまだ健在だったのだ。それはそうで、人とともに家がさっと消えるわけはないのだけど、その絵に興味があればいっしょに見に行きませんかという。

それは見てみたい。でも見てはいけな

いんじゃないかと直感的に思った。白洲さんが絵を描いているという話は聞いたこともないし、だからそれがあったとしたら内緒の絵である。見たら叱られるんじゃないか。

でもあれだけの美意識の人だから、やはり一度は絵を描いているだろうと思っていた。いや思ってはいないが、新潮社の人に絵が出てきたといわれたとき、瞬間的にそう思っていたのだ。やっぱり絵が……、でもいつごろ描いたものだろうか。

かなり昔に描いたものらしい。自画像もあるという。そうか、それは相当な昔

[左]屋根裏からは、油彩画と一緒に絵具箱も見つかった　ふたたび絵筆をとるつもりがあったのかどうか……　撮影＝野中昭夫

[下]藤田嗣治とともに　油彩画を藤田に習ったとも伝えられる　1930年代、白洲夫妻は毎年のようにヨーロッパに出掛けた　いっぽうの藤田は1931年秋にパリを離れ、南米・北米を経由して1933年に帰国している　この写真の撮影場所については未詳

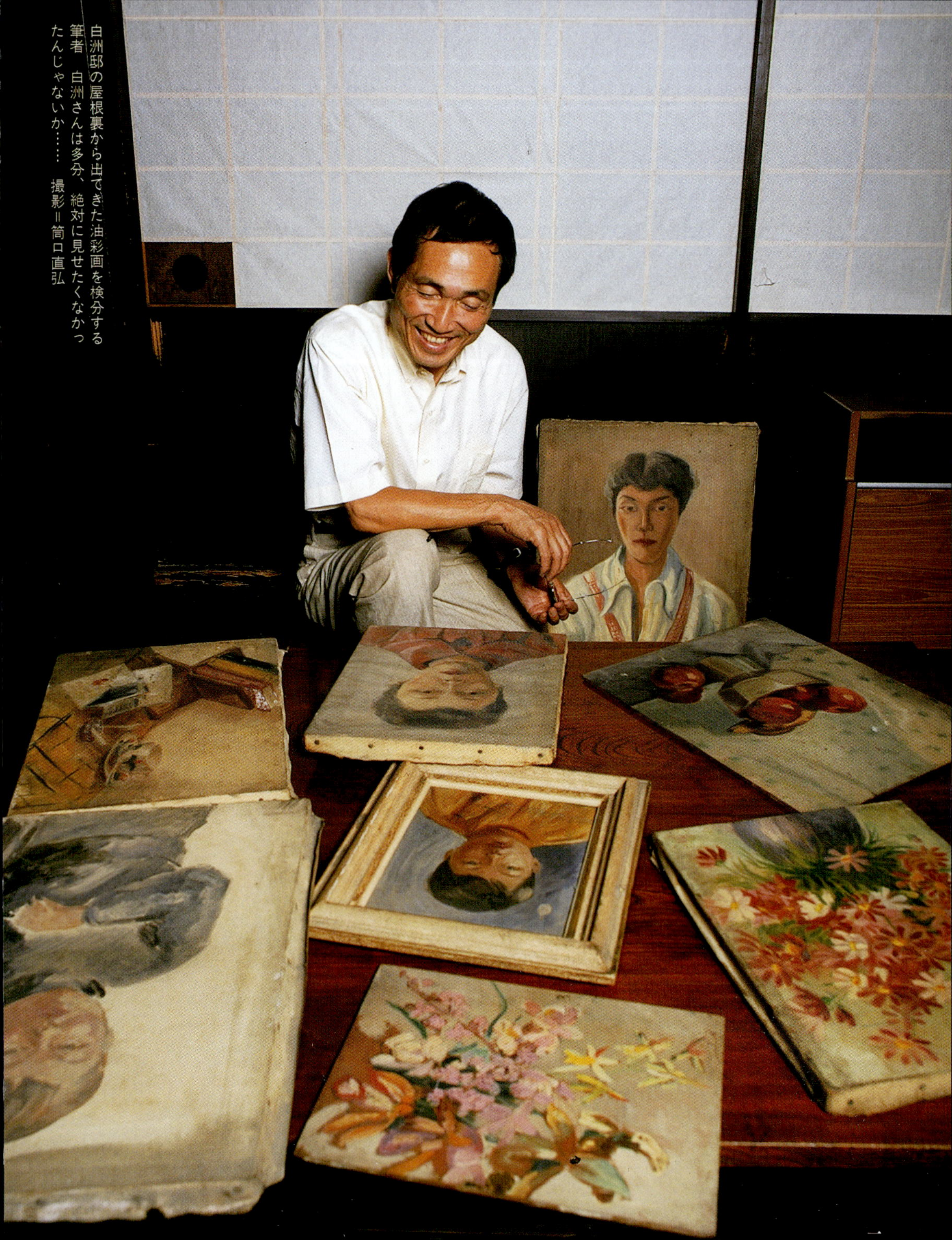

白洲邸の屋根裏から出てきた油彩画を検分する筆者　白洲さんは多分、絶対に見せたくなかったんじゃないか……　撮影＝筒口直弘

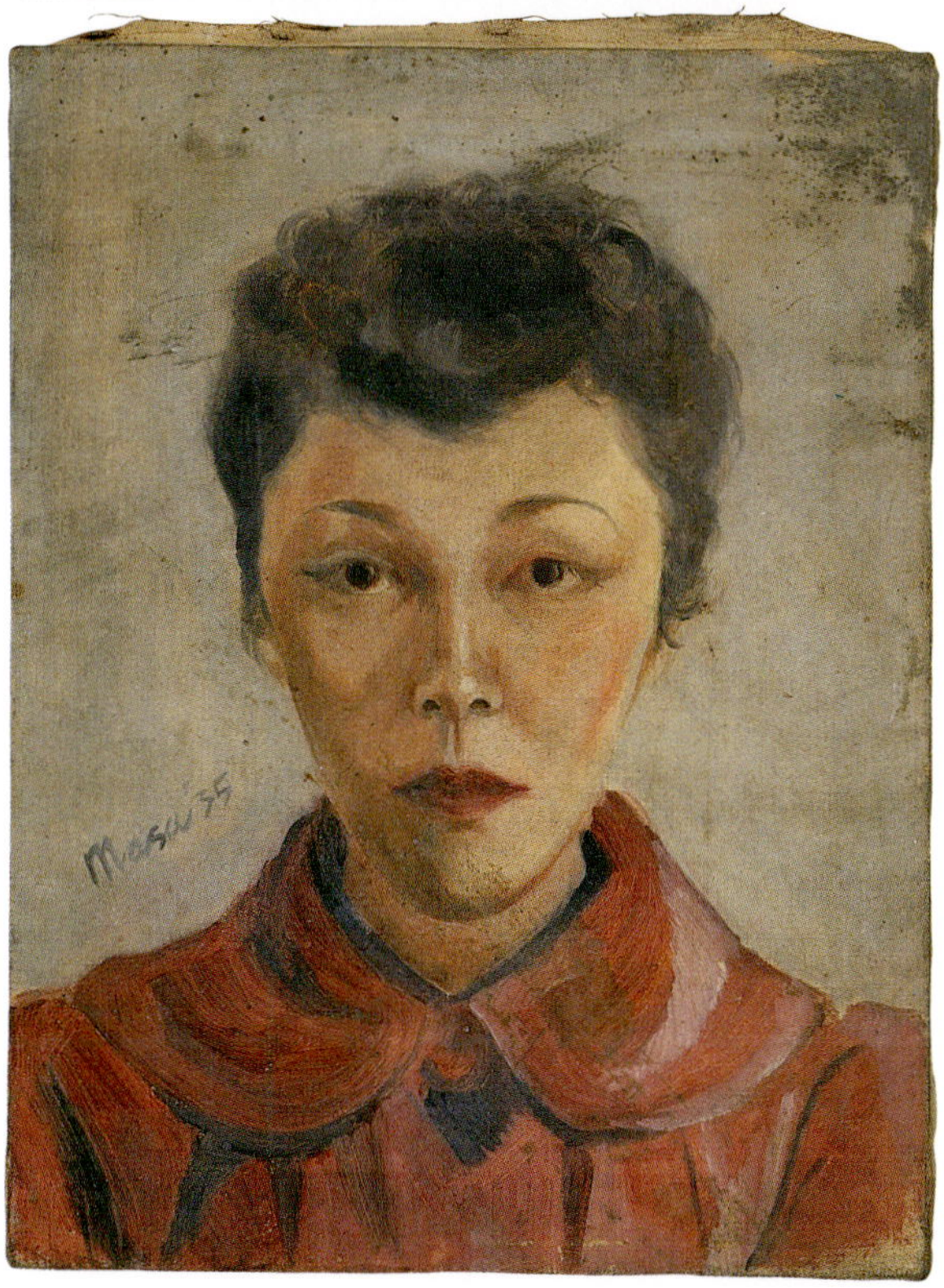

[上]長男・春正と母・正子　1935年頃
[左上]《白洲春正像》 1935頃　油彩
52.8×45.2
[左下]《自画像》 1935　油彩　40.6×31.4

だな。

　むかしT・Gという恐もての詩人がいた。九州の炭労の最後の大闘争の指導者でもあり、当時の左翼学生たちのカリスマ的存在だった。その人がそれからだいぶたって引越しのとき、何故か兄がその役をおおせつかった。たんに仕事の関係なのだが、押し入れからごろごろ、小さな油絵が数点出てきたという。サンマを描いたのや、ふつうの静物画で、とくにサインはないけど、どうもT・Gその人のものらしい。

　こういう話は好きだ。人に見せるのではなく描いていた絵。あのジャイアント馬場さんもときどき小さな絵を描いていたようで、亡くなってから何かの雑誌に一点だけ紹介されていた。海辺の波打際を描いた絵で、馬場さんの謎がまた一段と豊かになった。

　あのコローでさえ、いま歴史的に評価されている絵は、死後引き出しの中から出てきた風景画の小品群である。生前ムーディな森の絵で人気はあったが、その森の絵とは違う小品群は、どうせ評価されないと思って人には見せずに描いていたらしい。

　明日白洲さんの家へ行くという日、家内が夢を見た。何でも、亡くなった後の家の整理で、天井のところのダクトがちょっとすすけているので、その掃除を手伝ってくれとぼくが呼ばれたのだという。それで尚子もいっしょに行ってダクトを外そうとするが、けっこう難しい。新潮社の人たちも何人か来て手伝っていて、ふと見ると白洲正子さんもいるので尚子ははっと驚き、

「亡くなったんではないのですか」

と訊くと、白洲さんは少しも慌てず、

「死んだふりしただけよ」

と笑いながらいったという。ぼくの見た夢じゃないのだけど、何だかいかにも白洲さんらしくて嬉しくなった。行ってみて、ひょっとしてそうだったらどうしよう。

　新潮社の車が来て、ぼくも乗り込んだ。鶴川の町からくるりと一本道を折れて、車が落葉の散る坂を登っていくと一気に田舎になり、あの山門である。やっぱり茅葺きのお家はそのままあった。大気圏突入後も変らずにあったのだ。まさかとは思うが、中に白洲さんがいても不思議ではない。

　この茅葺きの屋根は、近年になって白洲さんが葦で葺き替えたそうだが、その屋根の下では、お隣の敷地に住んでおられるご長女の牧山桂子《かつらこ》さんがお迎え下さった。中に入ると、今日は白洲正子さんがお留守という感じで、そんなに変ってはいない。

　長椅子の上に四号とか六号とか、そのくらいの油絵が数点、ぽたぽたと置かれてあった。相当古い、ということが絵の汚れ具合いというか、キャンバスの古び具合いからわかる。何しろ本人以外誰も知らなくて、屋根裏などに残された物品類を端からこつこつと点検している中で出てきたのだという。

　すぐそれとわかる自画像が二点、男のお子さんを描かれたものが二点、花やリンゴなどの静物画が五点である。

　自画像にはじーんときた。この人の若い日の、真に迫るものがある。こうやって描いたときがあったのだ。でも白洲さんが絵を描いたのは当然のことのように思われる。このことがあってから、その後のことがあるのだ。画面の真ん中に顔があり、真正面から見ている自画像である。これは正に白洲正子だと思った。真

面目そのもの。

おそらく無器用なほどに真面目だったのだろう。だからまず自画像を描いたのだろうし、描いてみたらこんなに下手だったのだ。おそらく、悔しかったことだろう。

いや下手とは失礼な言い方だけど、この際は仕方がない。脇で桂子さんも、手先は無器用だったとおっしゃっている。絵を描いてみたけど、すぐにそれを悟ってやめたんじゃないですかという。無器用ということでは、包丁の使い方などもそうで、それはもって生れたものかもしれないけれど、まずやったことがないという、そのことに由来するのかもしれないとおっしゃっていた。白洲さんの経歴を考えれば、なるほどそうかもしれないのである。

自画像の一点にだけサインがMasa 35とあり、35とはおそらく一九三五年、二十五歳のときで、ご長男の春正さんが生れて四歳のころ、桂子さんはまだまだこの世におられないときだろうという。

おそらくこの唯一サインのある自画像が、最初に描いたものではないかと思う。何かしようと、はじめて油絵の絵筆を持ってみて、曲がりなりにも最後まで描いたというので、サインを入れたのだろう。へとへとになったのではないか。

何だか身につまされる思いだ。ぼくも絵が下手だからである。別に謙遜ではない。タイプの問題である。ぼくは美術学校へも行って、石膏デッサンの修業も積んで、対象物を白黒で描写するだけならうまくも描ける。でもそれは技術の積み重ねの問題で、絵に関しては不器用である。色を使った油絵になったとたんに下手だとわかる。どんどん筆が縮んで、自分でも嫌になる。

だからこの自画像の白洲さんの気持が自分のことのようにわかるのである。絵は好きだし、いろんな絵のよさには敏感である。だから自分も描こうとしているのに、どうして筆が縮んでしまうのか。その理由がわからず、美というものが、そのよさはわかるのに、ますますつかまえにくいものとして奥行きが広がってしまう。

この自画像（111頁）は、まるで定規で測ったかというほどのシンメトリーである。とにかく自画像だから、鏡の顔を見つめて描いてみようということだけがあり、それをうまく描こうという気持はみじんもないようである。

絵を上手に仕上げようというなら、もう少し斜めにするなり、ちょっと何か洒落た工夫をするなりあるだろうが、そんなことがまるでない。そのかわり、目や、頬やその他、とくに髪の毛など、とにかく目の前のものを見て描こうとして、見極めようとしている。本当に苦闘の自画像である。他人になど見て欲しくはなかっただろう。でも捨てずにとってあった。

ぼくは絵を描いたり物を作ったりする人に、絵描きタイプとデザイナータイプとがあると思っている。デザイナータイプは、その仕事の着地点をまず考えて、そこに向かって仕事を進められる。大人である。一方の絵描きタイプは、まず出発点がある。とにかくそこから出発はするけど、着地はどうなるかわからない。着地できないかもしれない。子供である。

そのことでいうと、この絵で見る白洲正子は明らかに絵描きタイプだ。あらかじめの着地というのは考えていない。おそらく興味もないのだろう。それよりもまず見ることからはじめて、絵なんだから、その見たものを描かなければ、とい

白洲正子〝油彩カタログ〟(特記以外はキャンバス)
[右頁]上右《静物》　油彩、板　45.8×37.7
上左《花》　油彩、板　33.0×23.7
下右《静物》　油彩　33.3×45.4
下左・描きかけの風景画　鉛筆　《花》(上左)の裏面
[左頁]上右《白洲春正像》　油彩、板　26.8×21.2
上左《花》　油彩　40.9×31.6
下右《カラー》　油彩、板　46.0×37.5
下左《自画像》　油彩　52.8×45.4

うことだけがある。

もう一枚の自画像（115頁）は、おそらくサインのあるものの後で描いたのではないか。この絵では少し変化しようとしている。変化球を投げようとする気持が少しあるけど、投げられないのだ。どうしてもストレートになってしまう。でも一枚目を描いて、どうも自分は絵がうまくないということを感じたのだろう。そのせいか、少し大胆にはなってきているのだけど、やはりうまく仕上げようとすることには向かえないし、性に合わないのである。でも一枚目よりは少しほぐれてきているような気がする。絵を描くことに対して、自分は向いてないという自覚が、変化球ではないけど、ちょっとした荒れ球を投げるというか、いや荒れ球というのは投げようとして投げるものではないけど、荒れ球への禁制が少し解かれてきているというか、そんな気配を感じさせる。

故人の気持としてはおそらく絶対に見てほしくなかったであろうものを見てしまって、ちょっと恐縮している。でもつくづく、白洲正子は見る人だったと、思い直す。自分の手で何か物を創り出すということでは、やはり無器用だったのだろう。美意識というか、美しいものを見ることにあまりにも敏感なために、自分の腕との落差をよけいに感じて筆が縮む、ということもあるのではないか。

そんな意欲がその後紆余曲折して進みながら、結局この人にとっていちばんいい表現方法は、文章しかなかったのだというところにたどり着く。

いやその前に、戦後しばらくしてから銀座の染織工芸の店「こうげい」を開いているが、そこでまず自分に合ったやり方をつかんだのではないかと思う。絵を描いてみてむくわれなかった苦闘の思いが、美しいものを見ては選んで並べていくことの中で、やっとほぐれていったのではないだろうか。ぼくはお能のことはまるでわからないが、ひょっとしてそこにも苦闘の思いがあったのかもしれない。ものを見ることよりも創り出すことを上位とする考え方の桎梏が、そのお店をはじめてやっと少しずつほぐれていったのだろう。見ることの嬉しさへの禁欲が解けるようにして、それが見つけ出すことの喜びというか、見ることの不思議さの中へ遠慮なく入っていけるようになったのである。きっとそうだ。

男のお子さんを描いた二点も、正面からのシンメトリーである。ただ半身像（111頁）の方は、モデルにちょっと右手を上げさせたりして、面白味へのちょっとした接近がうかがえる。でもそこの途中のところで、もう筆を置いている。ひょっとして面白くなるかもしれないというこの絵がぼくは好きだ。

静物画五点も、やはり真面目一筋である。リンゴとバナナの絵（114頁）は、この中ではいちばんまとまっている。

「でもまとまったってしょうがないわよ」

と本人にいわれれば、たしかにその通りで、しかしコーヒーカップのある絵（114頁）では、開かれた封筒の、赤い封蠟のちぎれた感じがぼくは好きだ。

あと花を描いたものが三点、これも苦闘がしのばれる作品である。花を描くのはじつは難しいことで、綺麗な花が綺麗に描けないと下手だとなるし、うまく綺麗に描けたとしても、ただ綺麗なだけ、

熱心に雛人形に見入る筆者　京都の雛人形細工司が作った人形は、樺山家からもたらされたものとか
白洲邸居間で　撮影＝筒口直弘

ということになりかねない。たとえば富士山にしてもそうである。そのもの自体が美しいものは、むしろ絵に描いてがっかりすることが多い。それ以上のものにはなりにくいのである。

おそらく達成感には到らない絵であったのだろうが、それを捨てずにずうっと何十年もとっておいたのである。絵具箱もあった。いずれまた描くつもりだったのか。というより、これらの絵の苦闘を忘れたくなかったのだろう。桂子さんのお話によると、とにかく何でも捨てずにとってあるという。それはおそらく、価値はすべてのものに埋れているという気持によるもので、それはどこかで白洲さんの骨董につながる感覚だろう。

着物は箪笥に五竿も残されているという。そのほんの一部を見せてもらった。一つ一つ「こうげい」の文字のある畳紙に包まれていて、開いて見るたびに、溜息の出るほど綺麗なものばかりだった。油絵とはまるで違う。ほんの数枚を見せてもらっただけだが、手にした人の嬉しさがにじんでいる。やっぱりここからが白洲正子さんなんだとつくづく思った。

気のみなもと

◎白洲正子の自筆歌帖より◎

前登志夫

遺族もびっくり、発見された自筆歌帖
撮影＝広瀬達郎

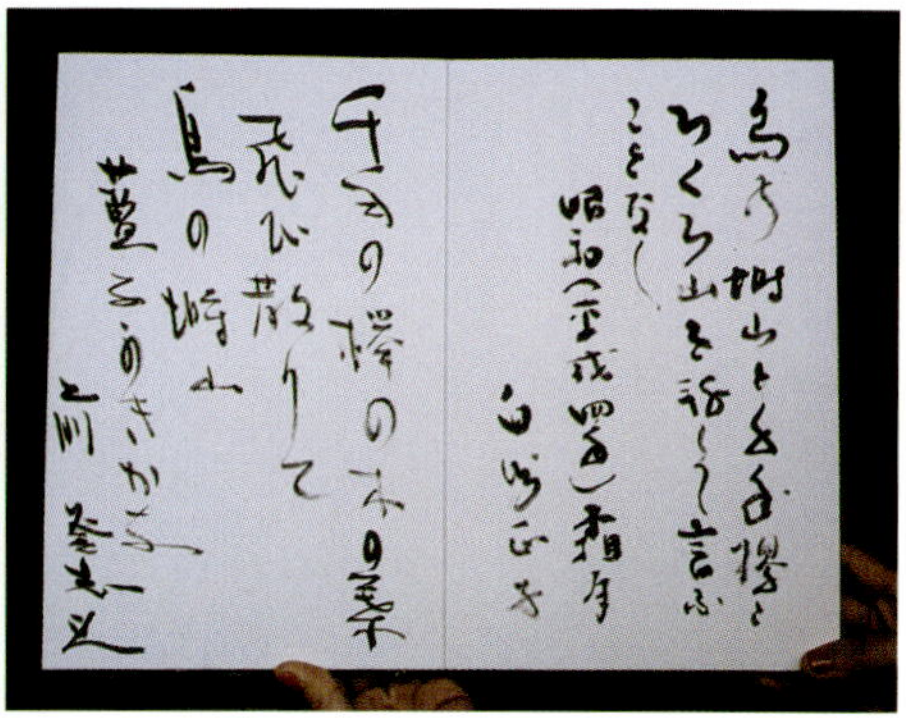

〝桜狩り〟に筆者と吉野山散歩をした時の白洲さん
地元の旧家の芳名録[上]に2人そろって記帳する
1992年4月　撮影＝野中昭夫

白洲正子さんの死後、自筆の歌の草稿が出てきたというので感動した。数度の対談の折には、歌をお詠みになっていたことは少しも言われなかったからである。それはわたしが迂闊だったのであるが、もしも白洲さんの作歌について触れると、あっさりと話題をそらしてしまわれただろう。

毛筆で伸びやかにしたためられた白洲さんの短歌は、「詠草」とのみ題され、「白洲正」という落款が押されている。全体にわたって、どこで詠んだかというのが題詞となっているが、作歌の年代がさっぱり不明である。「歌をよまんとして」という題詞のもとに、次のものがある。

うたをおもひうたを忘れてすぎ越し
この年月のながくもあるかな

おそらくうんと若い日に、源氏物語を学び、能の稽古を本格的にはじめた頃から作歌されたのではないかと思う。昭和三年（一九二八）、アメリカのハートリッジ・スクールを卒業して帰国した頃である。十八歳である。能舞台に女性として最初に立ったのが、大正十三年（一九二四)、十四歳だったという。

帰国の翌年、白洲次郎と結婚し、その年の暮に、母・常子が亡くなっている。母・常子は竹柏会の名流夫人の一人で、佐佐木信綱の序文のある『富士の裾野にて』という歌集を上梓している。

「山は我われは山かとたたずみぬ清くすみたる白露の中」などの作のあるこの歌集は、宏大な富士山麓の別荘での暮らしから生まれたものである。皇太子時代の昭和天皇が、富士登山の折など数日滞在されたこともひろく知られているが、母・常子は、樺山家（白洲正子さんの実家）と同じ、薩摩出身の海軍大将・川村純義の長女。川村家は皇孫の養育掛りで、昭和天皇と秩父宮が川村家で起居を共にしていたという。母・常子は歌だけではなく、舞踊や茶道をたしなみ、晩年は香道に熱中し、美的趣味のためには家族や日常をほとんどかえりみることのない人だったらしい。

「いとけなき歌びと吾子《あこ》よとく来ませ裾野の秋は今たけなはぞ」という一首もある。「正子にいひやりける」と詞書が付けられているが、白洲正子さんはすでに「いとけなき歌びと」だったのである。

母・常子の歌を枕にして作った四首がある。

昔母のよみける

道の辺の小石ひとつも世の中に
かくべからざる物としおもふ

をよみてつくれる歌四つ

いかなれば小石ひとつも世の中に
かくべからざると母のよみける

小石ひとつ手にとり持ちてつく〴〵と
うちながめつつすぎし年月

ながめゐしその年月のながければ
小石ひとつも重荷とはなりぬ

いづこにも捨つべきものをこの小石
捨てんとしつつ捨つるところのなき

これらの思索的な歌は、後年作歌を再びはじめられた頃の作かもしれない。どことなく人生の年輪がしらべに滲み出ている。この歌には、白洲さんの同じ筆跡で、「四一、十一、十」の日付が記入されている。これが昭和四十一年だとすると、すでに五十六歳を数え、明恵上人の遺跡を訪ね、まもなく日本の「かくれ里」探訪の旅の前後である。一九四一年とすれば、『お能』を執筆した頃の三十歳すぎとなる。

「果てしなき夢の世界に母と子のおなじ道行くさだめうれしき」と、母との同じ運命をうたったのは若い日の作だろう。「神去りし母もろともに束のまをよろこび生くる心地す我は」というのも、昭和五年の母の死の直後の作ともおもえる。さらに「為すまじきをなすはかたきと知りつゝもをみなの身にて能を舞ふなり」という歌も、青春期の決意を率直に詠み上げたものであろう。

能を舞ひ終へて

よしとみし人もうれしくあしといふ
人も中々ありがたくおぼゆ

師のおしへそのまゝ受くる心こそ
赤きは赤く咲く花のごとし

わがわざのよろしき時はひたすらに
舞ふ我もなく見る人もなし

わがわざのつたなき時もなげくまじ
いのちのかぎり舞ふとしおもへば

はじめの歌の中々という副詞は仮名にしたいところだが、あえて原文のままにした。二首目は少したどたどしいが、気性は激しく、天真な白洲さんの面目のよくあらわれた歌だと思う。それはおしまいの歌にも出ていよう。第三首目はかなりすぐれた作である。

アメリカ留学から帰国した頃の、主としてお能について回想した文章を、少し長いが紹介する。

〈軽薄なバタフライと化して飛廻っている間でも、私はお能だけは忘れなかった。どうやらその二つの間にあまり違いはなかったらしい。私はお能を特別高尚な「芸術」とは思っていなかったし、舞台で舞っている間のあの何ともいえぬ陶酔境は、その頃はやっていた「マンボ」というダンスと何ら変りはなかった。

帰国後、はじめて舞ったのは「野宮《ののみや》」という曲で、源氏物語「賢木の巻」を題材にしており、六条御息所の霊が現れて、昔の栄華をしのんで舞う。その頃私は鳥野先生から、その辺のところを習っていたので、物語の詞と、舞のリズムが、渾然一体となって私を魅了するのであった。

もしかすると、そういうことは素人の特権で、玄人はそんな風に愉しむ余裕はないのかも知れない。一曲舞うごとに私は、ほんの少しずつではあるが、能という古典の魂の奥に、ひきずりこまれるような思いがしたものだ。が、平安朝の源氏物語は文学であり、室町時代の能は舞踊である。究極のところでは同じであるといっても、水と油のように交り合うことはない。ただし、よほどの名人は別である。そこでは水と油ではなく、水でも油でもない何か別の美しいものに変ってしまう。そういう百年に一人とか二人という名人は別として、極く一般的にいって、文学と舞踊はちがうと私は思っている。それは今だからいえるのであって、若い時は水も油もいっしょくたになっていた。別の言葉でいえば、お能を文学的に解釈し、ひとりで好い気持になっていたのである。〉

師匠・二代目梅若実が、「一度だけでいいから素人になって舞ってみたい」と、白洲さんの稽古を見ながら述懐されたらしい。白洲さんはつづけて次のようにも述べる。

〈思い入れの多い文学的な、或いは宗教的なお能ほど見ていて滑稽なものはないのである〉と——。

略年譜（「ユリイカ」一九九九年二月臨時増刊号　総特集白洲正子）によると、帰国して数年後に「奈良の聖林寺を訪ね、十一面観音像と出会う」（昭和七年・二十二歳）とある。後年の古刹遍歴に先立って、大和古寺を探訪し、やや秋艸道人ぶりの歌を詠んでいる。

聖林寺くわんのん

落日の光たゆたふ海原の
うねりをみるやこのみほとけに

百済くわんのん

御像《みすがた》にそひてながるる夢とほし
春の歩みもひそやかにして

それまでまいる及候こしよのことひとに
上なき命もをしまずとこそ
思てしるべき無常の世の人に思よるの
およびし道行くすゑのみうへしや

神まうし申ともえに東の御すゑ
よろこびのまゝ心やすめ
為はずほじきをなすはかなきと知りつゝも
ぞみその身すて自ことを思ひつゞける

三月堂の仏

みほとけは光みちたりまひる日に
天づたひ行く太陽のごと

四天王にふまへられたる邪鬼に

邪鬼は悲し又この先の幾世をば
伏しつ踏まれつまろび行くらむ

法華寺のくわんのん

これぞこの女人の為のかんぜおん
おんくちびるの紅ふかうして

清水寺にて

山越のみだをろがみぬいまここに
峯よりいづる月しづかなり

新薬師寺にて

しづかなる林のごとくたてるかも
名もいかめしき十二神将

推古仏

おんゑみは葡萄の房よしろかねの
露をふくみて垂り足らひたる

これらの古寺諷詠にとりたてて特色があるわけではなく、いかにも『鹿鳴集』の亜流のような作もいくつか見られたが、ここに紹介したものには、白洲さんの個性が出ていると思う。とりわけ聖林寺の十一面観音像に、夕日の海原のうねりを感受するあたりに、仏像鑑賞の型にはとらわれない奔放な自在さがみられるのではないか。

お能や焼き物から美の真髄を学び、明恵上人や西行の高峯に体あたりし、山河遍歴の旅を重ね、たゆみなき精進によって、比類のない魅力的な美の世界に参入された白洲さんであるが、後半生の尨大な業績からすれば、白洲さんの歌はあまりにも素人の習作にすぎない。

新潮社の編集者からこの詠草を受けとった時、どうして白洲さんは焼却しておかなかったのだろうとふと考えたりもした。しかしそう思うのは、白洲さんの境涯にわたる仕事の大きさにくらべるからであって、若い日の筆のすさびとして残されたものと考えるなら、その稚拙さをふくめてかけがえのない形見なのである。

人はみなよき言葉を持てり我のみは
うたをいだきてひとりなやめり

おのが姿おのが心を知らずして
まさこと人のよべば答ふる

秋の野は美しくしてたへがたし
みにくきおのが姿おもへて

ひた心たへつゝ行かんこの野辺の
千草の花はさかりすぐとも

みにくさを人の上にも見んとする
かなしきものの多きこの町

おもふまじ言ふまじものをわが心
我にそむきて止むすべもなし

青空をおもひて我はいらだたし
その青空のもとに立ちつゝ

ふたすぢのスキイの跡のふと淋し

ふかきまひるの山のしじまに

たとえばこの八首の歌だけでも、白洲さんという稀有なる人の魂のふるさとが、くっきりと現われてくる。自問自答する青春特有の憂いと憧憬が、抑制された韻律のうちに息づいている。「けはしさをおのれがうちに育てしも甘き涙を忘れんがため」とも歌っているが、「韋駄天お正」と仇名された白洲さんの一面がうかがえる。

「口惜しやおのが心のまづしきをふと忘れつゝ人をにくみし」と内省し、おさなく天邪鬼である自分をもてあまして、「何事のさはうれしきぞたのしきぞ集へる人をねたしとぞみし」とも詠んでいる。多感な作者には、止めがたい自虐的な衝動もあらわれ、「千草咲く秋のひろ野に我ひとり身のおきどなき心地こそすれ」と苦悶し、「いたづらに涙ながしつ紅のなでしこの花をふみにじりけり」ともうたっている。

本当は、もっとお転婆な白洲さんの肉声の出た歌がどうして詠まれなかったかと、いささか残念だが致し方もない。『白洲正子自伝』の中で、母・常子は教養を身につけた令嬢でありつつ、ユーモアのある闊達な人であったことを述べ、そうした社交的な性格が歌集にどうして出なかったのかと、白洲さんはその口惜しさを述懐しているが、同じことは、今わたしが白洲さんの残された詠草にも感じることだ。歌という詩形式の伝統の呪縛のつよさをあらためて思うしだいである。

「神をおもひて」という三首がある。

いづくにも神はますらんわがおもひ
かなへたまへよや命めすとも

こののぞみ小さき我にすぎけると
ふとおそろしとおもひそめてき

わがまゝにそだちし身にはわがまゝに
ならぬおもひをはじめてぞしる

おそらく若い日の白洲さんを金縛りにした烈しい慕情だったのではあるまいか。「命めすとも」というのはまことに可憐である。たしかにこの上なくわが儘に育った奔放な方ではあろうが、一方では含羞の人でもあったのだろう。

晩年の珠玉の『随筆集　夕顔』の中に、「心《しん》よりいでくる能」という一文がある。

〈「惣じて、目ききばかりにて、能を知らぬ人もあり」

これは世阿弥が老年になって記した『花鏡』の中にある言葉である。惣じて知的な批評眼ばかり発達して、能の本質を知らぬ人もある、というのは、現代にも通用する名言で、あらゆる芸術一般についていえることだろう。特に近ごろはその傾向が強く、知識がすべてと信じている人たちは少くない。〉

このエッセイで白洲さんは、友枝喜久夫の至芸に触れ、舞台から伝わってくる、いわくいいがたい一種の「気」を愛《め》でて、世阿弥のいう「心《しん》よりいでくるもの」を、ありありと感受されていた。

白洲さんの「気」のみなもととして、その三十一文字の「詠草」の底に漂っている根元的な懐かしさに、あらためて心を打たれる。

◎若き日のノートから探る◎

白洲正子とは何者だったか

山崎省三

長尾峠より望む早朝の富士山　少女時代を御殿場の別荘で過ごすことの多かった白洲正子にとって富士は特別の山だった　撮影＝野中昭夫

白洲正子という方はまれびとであったと、懐かしさを交えながらつくづくと思うこの頃です。

世の注目をあつめた仕事を成した人は、多かれ少なかれ稀なる人ではありますが、尊いとか唯一とかという意味に、ちょっと孤独なという味わいが加わったまれびとなのであります。

最初の出会いからして、私には驚きでした。以前にも書いたことなのですが、あれは昭和四十三年、「かくれ里」の連載を依頼に、お宅を訪ねた時のこと。今の今までマッサージをしてもらっていたようなくつろいだ浴衣姿、髪の毛もまとめてくくられていたように覚えているのですが、そうした何気ない出現でした。それでいて、そこいらに見かけるおばさんの構わない姿とは違うのです。どこかまったく別ものなのです。それはお前が過剰な意識をもって接したからだと言われてしまえば、それまでですが、しかし、その後二十年余、取材に同行したりしながら、いろいろな人達の対応の様子をそれとなく見ていますと、やはり一様に、白洲正子なる人に対して或る種の畏敬の態度を示すのです。それは著作を読んでいたり、為人《ひととなり》をなんとなく知っている人ばかりではなく、何者かなど全く知らない老若さまざまな素朴な村人たちにしても、そうなのでした。

まるでアメノウズメノミコトのような女人だなと思ったこともありました。「十一面観音巡礼」の取材で、大和・長谷寺の谷奥の高みに散る集落の神社を訪れた時のことでした。案内してくれた人から御神像が祀られていることを聞きつけた白洲さんが、是非とも拝ませていただきたいと懇願する。とても、その日その場で、とは進まないことは百も承知のこと

でした。さてその夜のことだったと思います、村人から宿に電話があって、明日神社に来て下さい、御神像をお出しするそうです、というのでした。
社前には、神官と村人が立っていました。何しろ社務所などある筈もない小社です。お祓いをすませて社の扉を開き、神像を見せて下さった神官ですら、拝観するのははじめてということで、喰い入るように顔を近づけているのでした。御神像は女神と覚しい像高五、六十糎のすばらしい座像をはじめとして、童形像もあり、時代もやや下るものなどを含めて数体はありました。威厳があるとか崇高なとかといった造形性が際立ったものでなく、日本の神像というものの原点というか、木肌を生かし、赤児の形に通じるようなウブな形の美しさがありました。その時、ある突飛な連想がひらめきました。白洲正子という人は、アメノウズメノミコトのような女人ではないのか、と。古事記によれば、アマテラスオオミカミはアメノウズメノミコトにむかって、「汝はたおやめにはあれども、いむかう神と面勝つ神なり」と言ったといいます。要するに怖いものに立向ってもものに怖じし

ない、相対する人が一歩引下るような犯し難いものがこの女神にあって、それが白洲さんと重なったと思われます。

　面勝つという点でいうと、明治末から大正へ、平塚らいてう、田村俊子、野上弥生子ら「青鞜」の女性たちを思い浮べますが、この人たちには文芸をとおして女性解放という社会運動を志していた面があります。「元始女性は太陽であった」と謳い上げ、近代の知性を武器として、男どもに、そして彼らが築いてきた明治という社会に立向っていったように思われます。その当時の「新しい女」として。

　それに対して白洲正子は次の世代の人でした。その上、彼女は都会育ちというよりは、幼年期から少女期を高原の野中に過した大地育ちでした。おのずから面勝つ性格も対蹠的であったと思われます。

◎御殿場の少女

　彼女は幼年時代、一年のほとんどを御殿場の、とてつもなく広壮な、父・樺山愛輔が手に入れた別荘で過したといいます。このたび、ご遺族の好意によって「芸術新潮」編集部が閲読を許された白洲さん若き日々の日記やノートの一部を、私も覗き見させていただき、その資料も頼りにしながらこの稿を記していこうと思います。このノート類は白洲さん三十歳前後、昭和十二年日中戦争のはじめから大東亜戦争のさなかの十八年にかけてのものかと思われ、白洲次郎氏と結婚して十年ほど、ちょうど末っ子の第三子桂子さんが誕生される頃でもあるようです。その中に、御殿場での幼年期を回想されたものがありました。

**　今から四十年ほど前に私の両親が富士の裾野に一軒の庄家《ママ》の家をもとめた。あつい茅葺屋根に太い大黒柱、広間とおぼしき所には上段の間までついている。今でこそ大流行のげて物趣味の田舎家だが、その頃はそんな物好きな事をする人はなかったらしい。あたり四、五町には人家もみえず、只虫の音と月を友に暮らす生活を私達はこよなく愛した。景色とてどこまでも続く広い野原に、夏は萩が咲き乱れ秋はりんどうの花が空の色をうつして静かに咲いているばかり。庭と名づけるにはあまりに興ざめな。しかし、あまりおいしい料理はたべあきるように、あまり凝った着物は見あきるように、滝もなければ苔もない雑草だらけのその景色こそ私達親子にとってはかけがえのない思い出の地なのだ。（ノート「楽久我記」より）**

　この樺山家の別荘は、六万坪はあったといいます。電気も来ていなかった大正はじめのその頃の広い広い家、お手伝いさんが部屋から部屋へランプをつけて回った、そうしたたそがれ時、少女はひとり何を思っていたのか。

　とにかく華族制度は世襲制ですから、孫娘である正子は華族のお嬢さんです。母・常子もまた海将・川村純義の娘で伯爵家の出であります。平民たる農村の人たちは、この別荘の娘をどのように見たでしょうか。凡そ扱い難いものに違いなかったと思いますが、この幼児はとんでもない、垣根など全くない子であったようです。姉一人兄一人の末っ子、上の二人は一回り近く年上で、別荘ではひとりっ子も同然、日頃の人嫌いもあって野っ原を駆けずり回ったといいます。しかし私には、この子はそれでも尚いつとなく

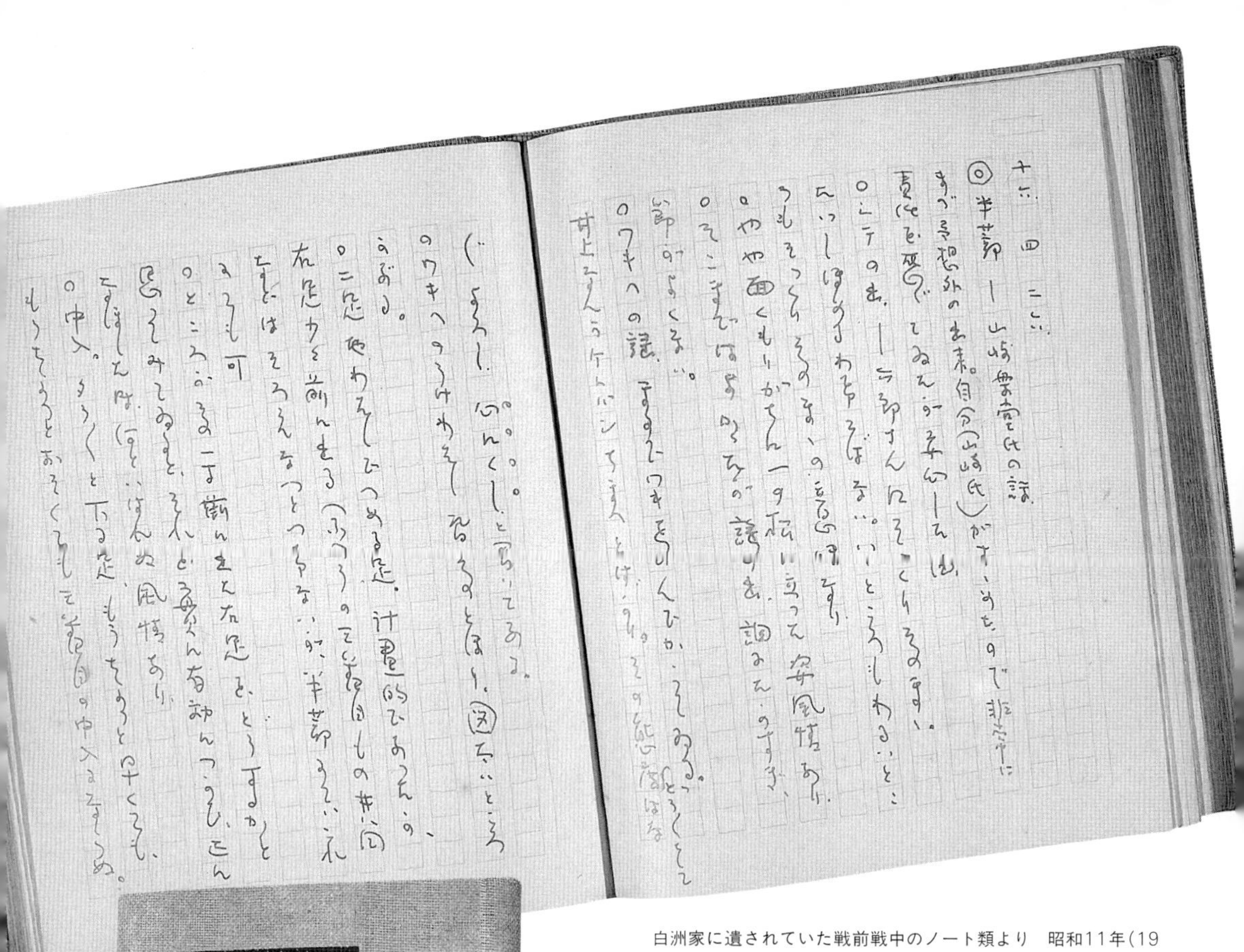

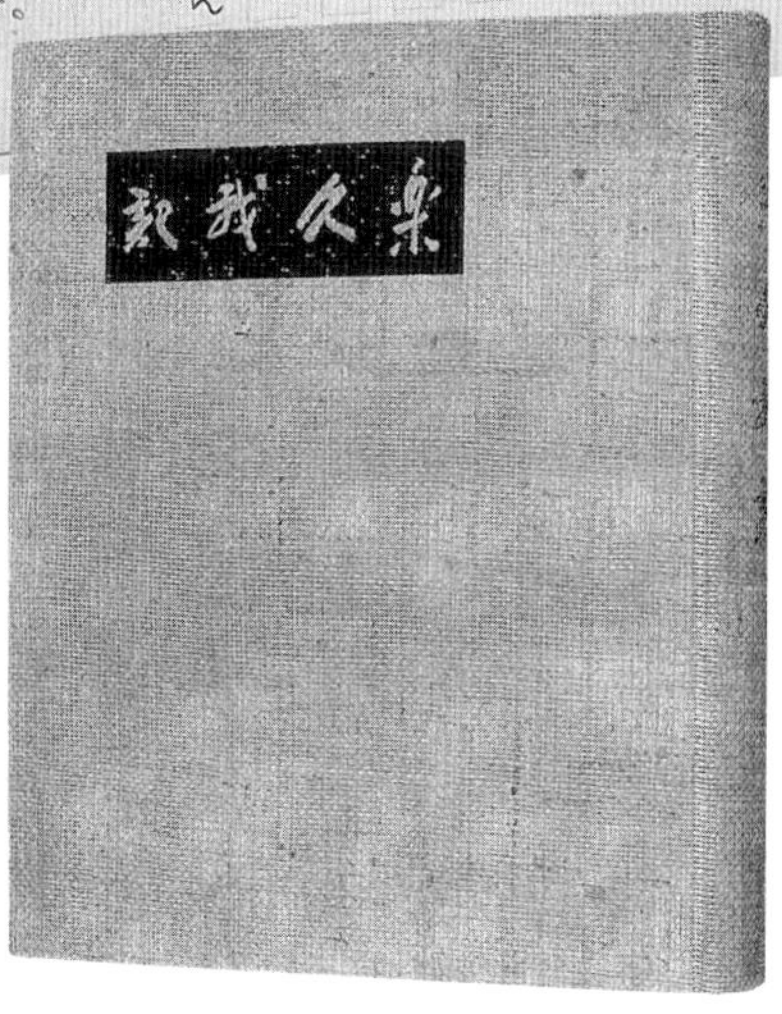

白洲家に遺されていた戦前戦中のノート類より　昭和11年(1936)に大阪の新正堂が発売した400頁のノート「楽久我記」には、同12年9月15日から18年2月20日にかけての日記が記されていた　掲載した頁は16年4月26日の項　撮影＝宮寺昭男

自分の家と周りの家の違い、その落差を鋭敏に感じとっていて、解決もつかないままに無口となり、ひとり遊びにふけるようになったと思えてなりません。一人遠出の草原で、出入りの馬子に出会ったりすると「こんなに遠くまで来ちゃいけねえ」とお叱言をもらいながら、馬車いっぱいに積みあげた刈草の上に放りあげてもらって家路につく。刈りたての薄の香り、その中に交る女郎花や撫子や桔梗の色どり、それらを六、七十年経っても、終生忘れることはなかったと彼女は『白洲正子自伝』にも書いています。草刈りは露の干ぬ間の仕事でしょうから、少女は起き抜けに家を飛びだしてしまうか、

富士を背にした「瑞雲楼」　少女・正子をはぐくんだ御殿場の別荘の外観

早い朝食をすませて遊びに出るかしていたに違いありません。

　人間は八歳の頃までに根本的な性格が形成される、白洲さん自身が書いておられるように、この別荘での幼年から少女期の生活が彼女の一生を貫く何ものかを形作ったことは間違いないことに思われます。広々とした草原と畑と林と小川と、そして富士山。

世の中には、富士を単なる山として見る人と神として仰ぐ人とある。うまれた時から一年のうちの半分をそこに毎年おくった私は、富士に親しみ富士をおそれることを知った。その山はいつもいつも大きなふところをひろげて私を迎えてくれる。

富士の山は私の幼い心に詩をあたえ、歌をあたえ、はては能を楽しませる事まで教えてくれたのであるからよほど感謝せねばならぬ。私のだだっぴろくしまりのない性質は裾野の故にしておこう。とに角私ほど、富士を親しみ敬している者はないとうぬぼれている。

朝まだき富士の前に立って、霧がほんのりと残る山の気を深く吸いこむのが私の一日のはじまり。

山はうまれいずる日の光を一杯にあびてこの世のものとも思われぬほど神々しく美しく華々しい。つくづくと生きてあることのよろこびを、うす紫の朝富士におもう。

実に愉快である。この大きな歓喜のやり場に困って、道もない草原を馬でかけめぐる。

夕日が富士の右の肩におちてゆく頃は又ひとしお美しい。いたどりや野ばら、流や川までまっかに染めて静かに静かに落ちてゆく。

平和である。静かではあるが寂しくはないこの景色は、自分にあたえられたつとめを果して悠然と死についた私の祖父をおもわせる。

若山牧水の歌に、

たか山にのぼりあふぎ見高山の
**　たかきしるとふ言のよろしさ**
わが門ゆ眺むる富士は大方は
**　見つくしたれどいよよあかぬかも**

などは私のいたらぬ富士への讃美をことごとくいいつくしているので、思い出すままにここに書きしるしておく。

（ノート「楽久我記」より）

「物の形」というものをはじめて体験したのが富士山であった、と後年語っていますが、それは決定的な経験であったに違いありません。

　晩年になって、「日本の神々」という「芸術新潮」特集（96年3月号、とんぼの本『日本の神々』所収）の巻頭エッセイで、彼女は、カミサマというのは「私の胸のうちにいるといえばいるし、いないといえばいない」ちょうど「仏はつねに在《いま》せどもうつゝならぬぞあはれなる　人の音せぬあかつきに　ほのかに夢に見えたまふ」という『梁塵秘抄』のあれだといい、「富士山も私の心をいたく刺戟する」。私にとっては「単なる原風景という言葉では表現できない何かがある」と書いています。

　それにつけても、亡くなった年の春近い二月末のこと、富士山を眺めるドライヴに興じた白洲さんを思い出します。その日はあいにくと雲の多い空となって、富士の眺望は十分どころか、思いの三分の一にも届かなかったのですが、編集長の山川さんに添われながら、ステッキに身を支えた白洲さんは、にこやかに老舗・桜家に入られました。三島のうなぎも、その日のもう一つの目的でした。

帰りしな、白洲さんは、富士山の伏流水が湧出する柿田川の源流を見たいといわれました。とてもそこまでは降りて行けず、橋の上からしばしこの清流に「お山」を思い描いたものです。そして秋には、湘南の浜から落日に染まる富士山をと……。それは遂に果せずに終りました。

◎ねえやと親友

白洲正子という人を語るためには、華族という社会的な位置について一言しておかなければなりません。もともと華族制度は、徳川幕府の大政奉還によって所領を失った大名諸侯を遇する制度として明治二年に設けられたもので、公家とともにかれらを華族にし、一般平民とは別格において禄を与えることになったわけです。しかし明治新政府の中枢にいるのは、すべてといっていいほど薩長の藩士上りです。それで国家への功績という点を加味して、明治十七年にそれらの人々をも華族とする新しい華族制度が発足します。樺山資紀も川村純義もこの時に爵位を得たわけですが、公・侯・伯・子・男の五階級のうち樺山は子爵（後に伯爵）、川村は伯爵に列します。

華族の子弟は学習院に学ぶことになっていました。女子には幼稚園も付いていたので幼い樺山正子さんもそこに入ったのですが、公家や旧大名家の娘たちとは、どうもうまく行かなかったようで、何かといっては休んで、小学校低学年の頃までは登校拒否をやったといいます。この気難しいお嬢ちゃんを養育したのが小千谷出身の従軍看護婦の経験もあるタチさんという女性で、彼女は正子の側を一刻も離れることがありませんでした。学習院には、子供に附添ってきた彼女たちが下校時までを待機する供待ち部屋があって、そこでの序列は、子供たちの親の爵位に従っているというのです。今なら変な習慣と笑い話になりそうですが、あながちそう一言のもとに切り捨てられるものでもありません。

あれはもう二十年ほど以前のことだったと思いますが、京都の冷泉家の時雨亭文庫の資料が公開調査されたことがありました。冷泉家はさほど位は高くなくとも公家であります。鎌倉時代から明治の御維新まで和歌一筋の家、そうした家の様子を思い出した白洲さんは、こんな思い出を語っています。彼女は父と共にその家を訪ねたことがありました。玄関に出てきた取次の男が奥に引込んだと思ったら、主人に「地下人《じげびと》が参りました」と取次いでいる声を間近に聞いて驚くのです。地下人というのは官位が六位以下で清涼殿に昇殿を許されない身分の人というわけですが、大正時代のその頃には、とうの昔に死語となっていて、冷泉家も樺山家も明治半ばの新制度以来、同じ爵位の華族です。旧い貴族の家にはいつまでも家付きの霊のようなものが生きているのかもしれません。学習院にはそうした家霊を背負った子供たちが、いっぱいいたのだろうと思われます。御殿場の野を駆けずり回り、草花に親しみ、馬に乗り、野の人に交っていのちを育ててきた、親ゆずりの自由っ娘でもあり反逆児でもある少女との落差を思わないわけにはゆきません。

華族制度というものは敗戦とともに消

大正12年（1923）夏、昭和天皇（当時皇太子）は富士登山の折りに「瑞雲楼」に2、3日滞在した　写真はその時のスナップ　昭和天皇（左）にお茶を給仕する正子（白のドレス姿）　手前の和服の女性は母・常子

滅しますが、タチさんのような主ひとすじのやさしい女性たちは、戦前は東京の一般家庭にもいて「ねえや」とか「ばあや」とかよばれていました。そういえば「ねえや」はよく主家から嫁入ったものでした。正子の「ねえや」タチさんも結婚して樺山家を離れますが、夫を亡くして一人になり、正子嬢が白洲次郎氏と結婚すると、その新婚家庭にもどってきて、終生彼女の世話をすることになります。

さて、学習院時代の正子嬢には小学校三年生の頃に転機が訪れます。その原因の一つと思われるのが、はじめてできた同年の友人です。幕末、数奇な運命に立ち向った会津藩主・松平容保《かたもり》の孫で、その名は節子、後に秩父宮妃となる女性ですが、二人は毎年、夏の休暇の半ば二週間を御殿場の樺山別荘で遊びたわむれます。父親同士、松平恒雄、樺山愛輔が親しかったためであることはいうまでもありませんが、二人はどこかで気が合ったことと思われます。

この樺山別荘にはいろいろな人が訪れました。昭和天皇も皇太子時代、富士登山の折に数日をここに過しております。

正子十三歳の夏でした。こうした逃れようもない環境を自覚したこともあったと思われますが、自閉症気味に一人に籠っていた彼女は、次第に意識して人に接するようになり、いろいろなことに熱中して行ったようです。

◎若き日の日記より

ものに執着はしないのだがものを捨てなかった白洲さんが亡くなった後、家中に本や資料が山積みされていたと聞きました。白洲さんの日記帖やノート類はそれらに埋まって発見されたそうで、拝読すると、子供の頃から彼女が日記を書きつづけていたことが記されていました。

書斎の棚にずらりと並んだ二十冊あまりのなつかしい日記。字が初めて書ける様になってつけた日記とはいわれぬ日記。頁一杯に字があっちこっちにむきあい乍ら、わけのわからぬ事が書いてある。あーあ、私も一度は子供であった。

アメリカ滞在中にはさすがに英語でつけている。十四、五歳の頃の生意気

[右]昭和5年頃、別荘での秩父宮妃と正子
2人は小学3年の時から同級で、毎年の夏休みをこの別荘で過ごした
[左]別荘内でくつろぐ父・樺山愛輔

な、しかし元気一杯にはりきった新鮮な気持。これも今はなくして了った。赤い表紙、青い表紙、カナ、ひらがな、絵日記、英語、次はタイプライター。急にかわって、とりの子にくるしそうな墨で書いてあるのは、あれは日本に帰りたての頃、源氏、枕草子にはじめてお目にかかって、うれしさのあまり自分もあっぱれな藤原の昔に帰って、紫式部等の中に互したつもりで書いたのがこれ。かわゆらしくも非常な努力があるけれど、気の毒にも紫式部三歳の頃の日記ミタイである。（ノート「楽久我記」より）

久しぶりに昔の日記をとり出して思いにふける様子が書かれていました。「今年は紀元二千六百年」とありますから、昭和十五年、正子さん三十歳の記述です。もっともこうした若き日々の記録類はさすがに今は失われたようですが……。

白洲さんは、個性というものは生れつきのものではなく、自分で発見し育てて行くものだというようなことを書いていた筈です。確か能の型をめぐってのことですが、生れついての素質のようなものはそれとして、能が伝承した型をよくよく習得して、その上に個性というものが出来上って行く、自覚して発見し創って行くものが個性なのだ、ということだったと思います。

それにつけてもこの日記を拝見して、私が最も驚いたのは、白洲さんのすさまじいばかりの能への傾斜です。そもそも正子嬢が能をはじめたのは四歳で、六歳初等科一年の時に梅若六郎（後に実《みのる》）に入門します。日記によれば、

今から約二十年ほど前、わずか十にもみたぬ子供心に、ある時万三郎氏（編註　梅若万三郎）の羽衣を見て全身がこわばるほど感激した事があった。或は子供であったが為に理窟ぬきに反って強く感じたのであったかもしれない。曲はおあつらえむきの羽衣であったし、小さい頭にはっきりときざみつけられていたあの富士愛鷹をもくるめた大きな裾野の景色が、そのまま目前にあらわされた時の驚きは今も忘れ得ぬほど

［上］アメリカより帰国途中、天洋丸にて　1928年
［左頁］〈アメリカ滞在中に一番印象に残っているのはキャムプ生活である〉（『白洲正子自伝』）というキャムプ・セラナにて　写真中央が正子　1925年頃

大きなものであった。押しても突いてもビクともしない、こわいほど威厳のある芸の力というものを、おぼろげながらその時生れてはじめて味えたのであった。（ノート「楽久我記」より）

とあります。能への傾斜は二十年後のその頃もかわらず、今日は何を見た、どうしても観たくなって、誰々さんの家に子供を預けて駆けつけた、誰がやった前シテは良かった、あの場面で面をやや傾げて、右手をどうこうした姿が感動的であった。誰さんは引込むときの足の運びが速くて余韻がない、「善知鳥《うとう》」を是非とも演ってみたい。あすこはああいうふうに、ゆっくりと舞うのがいいのかどうか、とにかく細微にわたって具体的な感想が書かれていました。読解するには、よほどの能の知識や経験を必要とする内容でした。とはいえ、次のような率直な意見もありました。

だから私は私なりに天下の名人の万三郎氏の能でも、人が何とほめようと、たまには……たまにはつまーんないとおもったり、こんな筈ではなかったがと思うこともなくはない。万三郎氏の

アメリカ留学に出発する前、「土蜘」で舞いおさめる
14歳の夏の終りだった　左から2人目　1924年

渇仰者にはまあ勿体ないと叱られるが仕方がない。

万三郎氏も人間なら私もおなじ人間。ときには風邪もひこうし、お昼にたべたうなぎ丼が胃につかえていることもある。そのほか暑すぎたり、さむすぎたり、天下一品の万三郎氏の芸術は常に同じかもしれないが、それを見る私の方はわるくぜいたくで、文句が多いのでいろいろの関係上万一、そう思うことがあっても大してナマイキな事だともおもわない。

私は時々お能の真最中、序の舞の間などにほんとに、ほんとにいい気持に居ねむりをすることがある。つまり夢中に極楽の舞をたのしむといったわけである。けれどもそれほどいい気持になれるのにはやっぱりほんとにいい気持の序の舞にかぎるのであって、間のぬけたのではねごこちがわるい。随分お行儀のわるいハナシだけれども、世の中のすべてを忘れて全く陶酔の極にたっしたあのすばらしい気持は、きっと……舞う人も同じように無心に舞っている、その気持にひとしいのではないかしらん。（ノート「楽久我記」より）

18歳で留学から帰国後、再び能の稽古を始める
写真は仕舞を演じる26歳の正子

絵の先生は、私が花になりきってその花を描けといわれる。

お能の先生は私が芭蕉になりきって芭蕉の能をしろと。

私のまわりはどこをみても2＋2＝4になるものが少くてみんな2＋2＝5か、或いは？になるものばかりである。それをあっさりみとめればもっと上手にできるものを、どうして2＋2＝5なんだろうと思うのでいけない。

今日一日、2＋2＝5という御ダイモクをとなえていたが、あまりききめはなかった。（ノートより）

古典文学に熱中して、枕草子を筆写したりしたのもこの時期ではなかったでしょうか。ちょうど二十代も熟した末頃、清少納言への入れ揚げ方も並ならぬものがあったようです。尤も、この平安朝切っての才女のことは、少女時代、確か学習院の初等科で平安女流文学者のことが話題となり、先生が誰が好きかと尋ねると、級のほとんどの人が紫式部ですと答えたのに俄然憤激して、正子嬢は清少納言が好きですと言ったことがあった。それはどうも清少納言が曖昧なことが嫌いで、はっきりと自己表現をし、負けずぎらいであったこととも深く関わっているように思われますが、皆と同じことはしたくないという無意識な動因と自負があったに違いありません。

　日記の中には家族のこともありました。夫君の白洲次郎氏が海外に旅立つ日のことらしい記述があって、次郎がたつ日なのに興奮もしなければ涙ぐみもしない、それが「我ながらうれしかった。涙が出るのが一番苦痛だ」。長男と一緒に玄関まで送って、横浜の港には行かなかった、そちらは「会社の方におまかせした」そんな一文もありました。

　次郎も正子も、日本の行事にはつとめて無関心であろうとしたが、お月見の宵に、形ばかりのお供物をし薄を活けた。それも子供のためだからと自分を納得させるのですが、何かにつけて子供のためと思うことにする自分にいらだつらしく、子供のため子供のためと言いながら私は何をしようとしているのだと書きつけます。こんなことも書いてありました。牛なべ食べて、それもお腹の子供のためとは、あまりに図々しいか。「次郎さんおみやの新しいパリの服」を着て、嬉しさに浮き立つ思いをする。その嬉しがった自分が情けなく悔しがる正子夫人です。

私はすべてのものを踏み台にする。あらゆる瞬間、踏み台にするものを鵜の目鷹の目で探している。ものどころか人までも。勿論私は徹底的に自己本意にうごく。その貪慾さかげんには我ながらおどろく。こうして欲ばってあれもこれもと目ばかりちらちらして時々は何をつかむこともできなくなってしまう。

**　そして愛までも。（私は浮気者だ）あらゆるものを愛したくなる。そうしてどうしていいかわからない。神様までもほしくなった。**

**　あのふるえて咲いているバラの花。清い水の流、潮の香、それから太陽。あたたかく笑みかける太陽。自分の心をうつしたくなる月、そこいなき沼水、犬や子供、それに牛はなんていい目をしているだろう。それらすべてを私は愛そうとするのに忙がしい、そうしてどうしたら自分の愛をすべてのものに向けられるのかわからなくなって、とうとう自分の子供達まで――自分の生んだかわいい者までも、どうしてかわいがっていいかわからなくなってしまう。（ノート「楽久我記」より）**

　しかし、こうした激しい内省に明け暮れしていたばかりではなかったのです。同じような環境にいる夫人達と買ものに出かけたり、麻雀をしたり、という交際の中にもいます。ジイドやヴァレリー、フローベールなどの海外文学にも接します。ほんとうに、あらゆるものに貪欲に食指をのばし、それを極めようとし、好奇心を保ちつづけるその姿勢はその頃の日本では目立ちもしたに違いありません。

◎欲ばりなまれびと

　こうして次第に自分という個性をつくって行くことになるわけですが、後年、明恵上人のことを、明恵は稀代の欲ばり者だったのです、と書き、自分だけの秘密の世界に溺れこんだから救われるのだ

［左頁］自邸の縁側で　1960年頃　初期伊万里の大徳利は、晩年まで売ったことを後悔していた

と言っているのも、若き日々の自らの体験が大いに作用していると思われてなりません。しかし、ただ、その頃は何もかも好奇心の対象だったのが、或る一つの流れへと向って行って、「あくがれ出る」ものの実体が見えて来たのが、それこそ昭和四十一年から「学鐙」に連載した『明恵上人』に結実したのではないでしょうか。それほど明恵上人に思いを寄せ、その寄せる思いに道をつけて行ったのだと思います。

そこに至るには、青山二郎、小林秀雄らに揉みに揉まれた濾過作用があったことはいうまでもありません。清少納言ならぬ白洲正子の近代的知性の突出は、そこで叩きに叩かれ本来の御殿場育ちの古代的、いのちの叡智といったものが磨かれ輝やいてきたようにも思われます。

「韋駄天お正」と青山二郎が渾名をつけたのも、なにも関心を持ったものに向って行くその動きの速さを言っただけではなく、探求心のひとすじな凝集力を言ったのではないでしょうか。もしかすると、清少納言のように、一部の人からは愛されながら、頭が高い女だとか才能をひけらかす「すべて人に一に思はれ」たがる、といった悪口をそれこそ当時は囁かれていたかもしれません。

お能という「型」に依りながら「型」を越えて流れ出すもの、工芸という技術の限りを尽くしながらそれを捨て去って行くような美しいもの、「形」の発見とそれを演じ創る人々の探求が、『能面』や『お能の見方』を生み、一方で、幼い頃からの古社寺めぐり、仏像との出会いがひろがって、日本の自然と造形が一体化した「風景」の発見となり、『西国巡礼』や『かくれ里』が生れてきたのだと思います。そうした思想ともいえるものを獲た白洲さんはもう還暦が間近い年頃でした。

素質といったものに生れ育った環境が加わったいわば生来のもの、一方、意識して自分を形づくって行って立ちあらわれてくるもの、個性といいながらもこうした二つの捩じり合ったものが、時に一面を、時に他面をあらわにするそうした

京都・清凉寺にある母・樺山常子の遺髪塔　未発表のノートの「嵯峨のあたり」と題された項には、清凉寺はまず第一にお参りしたい寺とあり、〈なくなった母が嵯峨野が好きで、死んだらここにうめてくれとしじゅう言っていた。家墓は東京にあるがせめて遺髪を、というので（中略）今はささやかな塔が、この清凉寺の後の紅葉の中にたっている〉と記されている　撮影＝野中昭夫

時代を経て、いつか両者が溶けあって、もうそれしかない、その人の姿があらわれる。私が初めてお目にかかったのはちょうどその頃の白洲さんで、だから、にじみ出る或る種の風格を感じたのかもしれません。

　昭和十八年だかに移り住んだ鶴川村の農家の辺りには、向いの丘から谷戸に降りまたこちらの丘にのぼってくる細い草道、鎌倉街道がありました。私がはじめてうかがった昭和四十三年頃にはその道も消えていましたが、あたりはいかにも多摩の横山といった丘陵地帯の農村風景を示していました。或る時、白洲家の周辺にのこっている鎌倉街道を歩いてみようということになったのですが、なるほど近くには小野路とか、三輪、奈良といった、鎌倉時代どころかもっと古そうな地名が散在しています。確か初秋の頃だったと思います。白洲さんはすでにあちこち歩いておられて、丘の上の集落の中の、思いもかけず広々とした神社とか、小寺ながらいかにも古そうな寺とかに入って行くのですが、「ちょっと休んで行かない」と畑中の道をのぼって行くと、生垣が長くつづいたその奥に、陽をいっぱいに浴びた旧家がありました。よろこび迎えられた縁側に腰をかけて、お茶を飲みながら主夫妻と話しているのを耳にしていると、それはもう時はゆっくりゆっくりと止まる如くなのでありました。一家で野菜をつくっているというその家の広い広い耕地には、柿や栗の畑もあれば、横穴古墳も砦跡もあるそうで、縁からは遠く小さな鳥居も見えました。そういえば戦争中から戦後にかけて、白洲夫妻も畑づくりに励んだといいます。土地の旧家のひと、そんな趣きが白洲さんに感じられるのも当然なのかもしれません。なにしろ御殿場の少女だったわけですから。

　理窟という物差は、とかく対象を粉々にこわしかねないものですが、白洲さんは伝説でも昔話でも、伝承されてきた「かたち」を大事にして、かたちをつくっている何ものかを感得しようとするうぶな古代的な大様さを持っています。在原業平について、かれはニヒリストだという人もいるが、それは近代人的な考えであって、業平にはひねくれたとこも厭世的なところもない、と言い切るあたり面目躍如であります。「物の形」を信じ、それをも包みこんでアッケラカンとして、こだわりもなく流れて行く「時」とも「いのち」ともいえるようなものを凝視《みつめ》ておられたのかもしれません。

　やはり、白洲さんはまれびとだったのではないでしょうか。小春日和に赤く染まっていたり、木枯しにも超然としていた木守りが、或る日、ふと梢を見上げると忽然と消え去っていた、空の深い深い青。私の子供の頃の東京の町では、正月になると住宅地の生垣の向うや、遊びはしゃぐ路地の奥に見えつかくれつして三河万歳の華やいだ姿がありました。それが三ヶ日を過ぎた頃か、もしかすると松の内いっぱいだったのかもしれませんが、或る日を境にぱっと町から姿を消してしまうのです。彼らが消えた町は急につまらなくなるのでした。正月というはれの日が終って、日常性が急に勢いを盛り返してくる。白洲さんが逝って一年、若き日々のノートを拝見しながらつづってきましたが、今の私にはまた、そんな灰色の気分がのしかかってくるのです。

ブックデザイン／大野リサ・川島弘世

本書は「芸術新潮」1995年２月号特集「〝ほんもの〟とは何だろう？」、1999年12月号特集「『白洲正子』全一冊」を再編集・増補したものです。本書22頁〜41頁は前者に、68頁〜143頁は後者によります。
４頁〜21頁は、旧白洲邸「武相荘」オープニング特別企画「白洲正子展」(2001年10月11日〜12月24日）を先行取材、特別撮影したものです。また、61頁〜67頁は、「芸術新潮」おたのしみ特別号「暮らしを遊ぶ術」によります。

本書収録の写真で撮影者があきらかでなく、連絡のとれないものがありました。御存知の方はお知らせ下さい。

とんぼの本

白洲正子《しらすまさこ》
〝ほんもの〟の生活《せいかつ》

発　行―二〇〇一年一〇月一〇日
三一刷―二〇二一年　三　月一五日

著者―白洲正子《しらすまさこ》　青柳恵介《あおやぎけいすけ》　赤瀬川原平《あかせがわげんぺい》
前登志夫《まえとしお》　他

発行者―佐藤隆信
発行所―株式会社新潮社
住所―〒162―8711
東京都新宿区矢来町七一
電話―編集部(03)三二六六―五六一一
読者係(03)三二六六―五一一一
http://www.shinchosha.co.jp
印刷所―大日本印刷株式会社
製本所―加藤製本株式会社
カバー印刷所―錦明印刷株式会社

乱丁・落丁本は、ご面倒ですが小社読者係宛お送り下さい。送料小社負担にてお取替えいたします。

価格はカバーに表示してあります

ISBN978-4-10-602085-8 C0391